半個父親在疼

龐余亮 著

自序

如父如子如秋風

在這個世界上，窮人家的父親，總比別人家的父親多了一個急脾氣；而窮人家的兒子，也比其他人家的孩子，多了一顆敏感心——比如風溼痛對於陰天的敏感，比如風淚眼對於秋風的敏感。

父親母親生了我們十個子女，最後活下來的是六人，我是第十人，也是第六人。在這樣的家庭中，勉強填飽肚子的我們早就習慣了父親的暴脾氣。

暴脾氣的人往往有高血壓，一九八九年春天，父親中風偏癱在家，作為老兒子的我必須每天為他服務。父親一輩子都是在村裡的英雄，中風之後，他很不習慣自己被困在一半僵硬的身體中，脾氣更加暴躁。在與他相處的最後五年時間裡，我們父子失去了所有的耐心，父親埋怨人，罵人，甚至用手中的拐杖打人，給他洗澡的時候，因為他的重心不穩和我的個子太小，而導致跌倒在地，父親咒罵得更厲害，而我也慢慢習慣跟他對罵。一九九四年秋天，偏癱五年的父親去世了，在之後的七年中，我沒為父親寫一篇文章。

再後來，我從家鄉來到長江邊的小城謀生，也是一個秋天，我在小城的公園門口看到一個拄著拐杖的中風老人，我走上前去，扶著老人在公園裡走了一圈，老人身上的氣息就是我父親的氣息，中風老人的氣息其實是一樣的啊！

那天晚上，我開始寫〈半個父親在疼〉，敲到「父親」這個詞的時候，鍵盤就卡住了，我頓時想到了天上的父親，他不讓我寫，也不允許我寫！後來才發現，不是天上的父親，而是我敲打「父親」這個詞，在鍵盤上用力太過了！再後來，我寫完了這篇等了七年之久的文字，全身的毛孔一一敞開，像一間空曠的舊房子，從江面上颳過來的秋風，就這樣穿越了我：我是一個沒有父親的人了。

父親不識字，母親也不識字，偏偏我愛上了寫詩。有次，我正在寫詩，父親突然問我在幹什麼，我想告訴他我在寫詩，但如果解釋「詩歌」——是無法解釋的，後來我說，我這個東西寫好了，可上報紙。上了報紙的話，可以換錢。他問我這個可換多少錢？那時候一首詩可拿到八塊錢稿費，我說可拿它換八塊錢。誰能想到呢，他竟然命令我說，你今天不要再幹其他事了，就這樣寫！

父親不知道，寫作不是下命令。當父親不再給我下命令的時候，我寫出了散文《半個父親在疼》。這本書的大陸版是二〇一八年八月由廣西師範大學出版社出版發行，分為「父親在天上」、「報母親大人書」、「繞泥操場一圈」、「永記薔薇花」四輯。此次承蒙我所熱愛的九歌出版社看中，出版《半個父親在疼》繁體字版，編輯建議我刪去了第三輯「繞泥操場一圈」，增加了其他的內容，於是，編入了寫父親五篇新散文，寫母親七篇新散文。原來記錄我的成長的第四輯成了第三輯，加進了十二篇新散文，正好構成了「父親、母親和我」一家人的完美結構。

衷心感謝苦心精緻的編輯，能讓我和我的父親母親在文字裡再次相逢。通過書寫我已慢慢理解了他們，也慢慢地理解了自己，我，這個窮人家的小兒子，因為有了九歌出版社的加持，同樣得到了浩蕩秋風的寬慰。

龐余亮 於二〇二〇年十月

目次

第二輯　報母親大人書

第三輯　永記薔薇花

第一輯

父親在天上

每個兒子只能擁有一段父親。
我是他的三兒子。
我寫下的父親僅是我眼中的父親。
完整的父親在天上。

四個「我」都在證明

能疼痛的不會衰老
而悲傷總會變得臉老皮厚
去湖南的火車上，我從清晨的車窗上
看見了母親那張憔悴的臉
在北京，燕京啤酒之夜
在出租車的反光鏡上
看見了父親憤怒的表情
逝去的親人總是這樣
猛然扯出我在人間的苦根

這首〈在人間〉的詩僅僅九行，我寫了將近五年，反覆修改，從原來的二十行改到了十三行，再後來，我又把它改到了九行。

這九行詩的證明人有四個「我」：

一九九四年九月二十六日的我。

二〇〇三年五月十五日的我。

二〇〇四年六月五日的我。

二〇〇五年九月二十七日的我。

一九九四年九月二十六日的我，是一個喪失了父親的「我」。二〇〇三年五月十五日的我，是一個喪失了母親的「我」。那兩個時間裏，我擠乾了全身的淚水。但過了一段時間，那被悲傷和絕望擠掉的水，也莫名其妙地回到了我的身體中，我彷彿是一只可恥的儲水皮囊。

二〇〇四年春天，我去北京參加魯迅文學院學習。魯迅文學院在朝陽區的八里莊，我們去得最多的是八里莊附近的幾家湘菜館，而和我們最親近的當然就數燕京啤酒了。從中午喝到傍晚，又從傍晚喝到凌晨，幾乎忘記了為什麼來北京，又為什麼要喝那麼多的酒？某一個深夜，我坐在回魯迅文學院的出租車上，沒聽清楚那京腔的出租車司機的長篇大論，因為我在反光鏡中看到了父親憤怒的表情。北京的燈可真亮啊，大街又是那麼的空曠。我一個人拖著自己的影子回到宿舍裏，狠狠地給了自己一耳光。

再後來，我到湖南永州參加《詩刊》社一次筆會，是K1566夜車，火車非常慢，我一點也睡不著，好不容易熬到凌晨，我去洗臉，在火車盥洗間破舊的鏡子裏，我忽然看到了母親那張衰老的臉，被心臟病和膽結石聯合折磨後那張隱忍的臉。我又一次淚如雨下，但我用自來水和毛巾掩飾了那次痛哭。大多數人沒醒來，火車還在繼續向前開，群山一點點逼近我，又無奈地被火車甩開去。

四個「我」都在證明，我被我甩在了那漫長漫長的鐵軌上。

原諒

即使再暴躁的父親也有溫柔的時候，比如在那只運甘蔗的船上。

這是我們家種了一個季節的甘蔗。

甘蔗們又長又銳利的葉子起碼在我的臉上和胳膊上割了一百道傷疤。

那一天，裝滿甘蔗捆的水船在河中顯得很沉。

我坐在甘蔗捆的堆頂給撐船的父親指路，父親把溼漉漉的竹篙往下按，長長的竹篙就被河水一寸一寸地吃了，我知道竹篙已經按到河底了。

我看到父親要用力了。父親埋下屁股往後蹲，蹲，然後一抽，船一抖，就緩緩地向前了。

甘蔗要運到城裏去賣，我想，城裏人究竟長了一副什麼樣的牙齒，能把這一船的紅皮甘蔗全吃掉，然後再讓父親裝一船白生生的甘蔗渣回來？

一隻灰色的水鳥在河岸邊低低地飛。

從小榆樹河拐彎過去就是榆樹河了，有點偏風，我已能聽見船頭在波濤的拍打下發出的一陣又一陣有節奏的聲音。甘蔗船有點晃了。父親脫光了上衣，他的胸膛有閃光的東西往下流。榆樹河兩岸的榆樹就像拉縴的人，都彎著腰。

再後來，黃昏就來了。「早上燒霞，等水燒茶；晚上燒霞，曬死蛤蟆。」父親說，明天是好天。他把竹篙往河中央一點，河中的碎金更碎了。

我的眼中全是金子。

後來，甘蔗船慢慢地變成了一團黑，這團黑在有點黑亮的河中緩緩地走著。我什麼也看不見了，但眼中還是有東西在閃爍。我看見了無數隻螢火蟲在河裏飛來飛去。還有無數隻青蛙在呱呱地叫著，有的還不時地往河裏跳，咚，咚，咚——像在敲鼓。父親的竹篙在黑暗中也發出了咚的聲音。

我再醒來的時候，滿眼的星光。我摸了摸自己，又摸了摸身邊的甘蔗捆，說：我想撒尿。

父親說：三子，你想撒尿就往河裏撒吧，這河裏不知有多少人撒過尿了。

我撒完尿時身子還不由自主地打了個寒噤。接著，父親也往河裏撒尿，嘩啦嘩啦，嘩啦嘩啦的，聲音大得驚人，持續的時間也長得驚人，河裏的星星們都躲起來了。夜，更黑了。

再後來的細節就記不清楚了，但可以肯定的是，我沒吃過甘蔗船上的一口甘蔗，父親也沒有。所有的甘蔗都被別人吃掉了。

從城裏回家之後，父親依舊，他的暴力依舊，那個脾氣最好的父親也被那只空空的甘蔗船偷走了。所以，每次父親掄著巴掌和拳頭揍過來，我都會用一船的甘蔗來原諒他。

麗綠刺蛾的翅膀

父親心情不好的時候多於好的時候，比如他對我們遺傳了母親的長相，比如他對我們遺傳了母親的笨拙。反正到了最後，所有的罪過都是因為母親。

往往那時候，早早逃出了家的大哥給我的忠告是：千萬不要爭辯，隨他罵去；罵是傷不了身的，總比被他打好。

其實父親發怒的時候並不總是罵人和打人，那次我和他蹲在防洪堤下「點」黃豆。「點」的意思就是播種，父親用大鍬挖一個種黃豆的窩，我負責往裏面丟五顆黃豆種。

防洪堤上有許多楊樹，而楊樹是最容易生那叫「洋辣子」的蟲，此蟲顏色鮮豔，如蟲界中的小妖精。更可怕的，是牠身上細微的刺毛，在空氣中飄蕩，落到我們的身上，那刺毛就開始鑽入皮膚中攻擊我們——又癢又疼，還不能抓，越抓越疼。不知道上天為什麼要給人間安排這樣陰險的蟲子來懲罰我們？

我是在「點」黃豆的時候被「洋辣子」的暗器傷到了，還不止一處被傷到了。我想狠抓，又不敢抓，只能一邊「點」一邊哭。父親對我的哭很是不耐煩，問清了我哭泣的原因，他說：為什麼我沒被螫中？等到你臉老皮厚了，牠就螫不中你了。我不知道這是什麼邏輯，呆呆地看著他。他又說：哪有男人哭泣的道理？不許哭！

但是我繼續哭，一邊「點」一邊哭。父親將手中的大鍬插立在地上，對我說：過來，我給你治一治。

我就過去了。毫無防備。他從楊樹的枝頭逮到一隻「洋辣子」，問我哪裏疼？我指了指胳膊的位置，他忽然將那「洋辣子」往我胳膊上使勁一按，又拖行了一會——無數的疼，無數的癢在蔓延，我真的不哭了，但是我張大著嘴巴，嘴巴裏含著我的六歲，那個六歲男孩的吶喊和哭泣，就這樣神奇地逃竄到田野深處去了。

四道粗麻繩捆住了一匹馬
四個麻鐵匠掄起了大鐵錘

釘馬掌的日子裏
我總是拚命地隔著窗戶喊叫
但馬聽不見，牠低垂著頭，吐出
最後一口黑蠶豆……

這是我寫的〈馬蹄鐵——致亡父〉的開頭部分。我是把「洋辣子」當成了馬來寫的。

多年後，我終於搞清楚了「洋辣子」的學名，牠叫麗綠刺蛾，「洋辣子」僅僅是牠的幼蟲。待牠成熟也會羽化成蛾，只是那蛾的顏色實在難看，灰暗，憂鬱，滿身無法報復的仇恨。

疼痛早已消失，步伐也越來越中年

我睜開眼來——

父親，我自以為跑遍了整個生活

其實我只是跑出了一個馬蹄形的港口。

半個父親在疼

父親中風了。父親只剩下半個父親了。

現在再看父親，父親怎麼也不像父親了，過去父親像一隻豹子，衣服挺括挺括，頭髮水光油亮——梳的是大背頭，向後，把闊大的額頭露出來；口袋中還裝著小骨梳。時不時就掏出梳子梳一下。小時候的我經常羨慕那把小骨梳，父親如果能親親我、抱抱我或者摸摸我該有多好，可父親沒有，父親不但沒親過我，也沒有親過、抱過大哥二哥，大哥十四歲時曾與父親打了一架，大哥被父親打得臉都腫了，但大哥仍然在笑，把打斷的半截骨梳遞給流淚的母親。

父親的聲音也變了，過去聲音像喇叭，現在聲音像從受了潮的耳機傳出來的，這倒不完全是半個舌頭的原因，而是因為父親說話首先帶著哭腔。比如他叫我：「三子，我要喝水。」我聽上去就變成了「三子，我——要——喝……水……。」這中間一停頓，一哆嗦，再加上不清楚的發音一拖，什麼滋味都有。有時我會回他一句：「讓你大兒子倒吧。」父親聽了會歪著嘴苦笑，涎水就掛了下來，「三子，我都這樣了……你還記仇？」

我怎麼能不記仇?!父親把他的三個兒子當成了他算盤上的三個珠子，大哥出門上學，二哥出外當兵，只讓我留在了他的手指中間。本來我也在那一年徵兵中驗上了兵，可父親上竄下跳，甚至說出了他對國家已仁至義盡了，不能貢獻兩個兒子的話，弄得那個帶兵的首長都感到這個老頭不可思議。其實父親的心思早由母親告訴我了，父親老了，他不能不留一個兒子防老。母親還對我說，「我支持你出去，可你老子這時想到老了，當初他什麼時候替你們把過一泡尿的。那一年我有病爬不起來，請他替你把一次尿，他理都不理……」就是這樣的父親，把我留在家裏，父親的目的實現了。大哥二哥在外地成家了，大哥結婚時甚至沒有告訴父親。父親肯定是不指望大哥二哥了，他談起他們時總說「那兩個畜生」。奇怪的是我大哥說起我父親時也說「那個老畜生」。父親中風了，我把消息告訴他們，大哥二哥像商量好了的，說他們工作忙。我知道他們的意思，原來在家裏他們就聯合起來騙我。我明明看到他們一起吃糖了，我還聞見糖味了，大哥說沒有，二哥則信誓旦旦地說，「對，我發誓，沒有，是他的嘴巴癢，舌頭癢。」

我正要給父親倒水，母親就走了過來，「三子，別倒水給你父親，一會兒他不要尿在褲子上了，人越活越小了哇。」

父親聽了這話目光變了，他憤怒地看著母親，滿頭白髮的母親也盯著他。「怎麼啦，你這老不死的想吃了我？你怎麼不躺在那個狐狸精那裏，你這時候倒知道朝我身邊一躺呢。」母親越說越得意，聲音禁不住變成了怪裏怪氣的普通話。說罷，母親的腰身還扭了一扭，母親這是在模仿著誰。

我被母親的表演弄笑了。父親的嘴張了張，不說話，頭用力扭了過去。我聽到他的喉嚨裏響了一聲，又響了一聲，然後他狠狠地朝地上吐了一口濃痰。

母親像是什麼也沒看見似地走了，母親得去打紙牌。紙牌是母親悄悄學會的，父親曾罵不識字的母親是個笨蛋是個木瓜不活絡，但母親還是學會了打紙牌。她依舊保持每天下午去打一場紙牌，「兩塊錢進花園」。本來認為父親中風了她會停下來，母親說：「我想通了，為你們龐家苦了一輩子，我想通了。」

待母親走後，我起身為父親倒了一杯水，父親用尚能活動的一隻手接過來，只喝了半杯，剩下半杯就灑在了前襟上，並慢慢綻放。父親的一行淚就滾下來了。父親哭的樣子很滑稽，一半臉像在哭，一半臉像在笑。

我回家時，父親已經應了母親的話，尿了褲子。母親一邊幫著父親換褲子，一邊對我說：「三子，我說不倒水給他你偏倒水給他，乖兒子啊，孝順兒子啊。」我沒有吱聲。母親可能換得很吃力，聲音都喘了起來，「人要自覺一點，我病了我也自覺，這下可好了，又尿了。」

母親給父親換褲子的動作很大，父親像個大嬰兒在她的懷裏笨拙地蠕來蠕去。一會兒我父親就光著下身了，我看著光著下身的父親，襠前的一團亂草已經變成了灰白色。要在以前，光滑水溜的父親怎麼會這樣不注意形象。我把哆嗦不已的父親扶坐在一張藤椅上，藤椅吱呀吱呀地叫。父親重重嘆了一口氣。沉緩，滯重。我想替他擦洗一下，待我把水弄過來時，光著下身的父親已經睡著了，涎水又流了下來，真的不像個人了，其實已經不像人了。

母親說：「晚上給你大哥二哥寫一封信，讓他們回來。他們不要以為在外面就可以躲。躲是躲不掉的。三子，不是我有意見，你家裏的也有意見。快，三子，快給那個老東西換褲子，她快回來了，看到了可不好。」

我胡亂地替父親擦了擦，然後替父親換褲子，他的一條腿像是假的，不，比假的更難穿褲子。換好褲子我又發現父親的腳趾甲和手指甲都已經很長了。這也一點不像他了。我記得我曾想跟父親借一樣寶貝，不是骨梳，而是父親繫在一串咣當咣當鑰匙中間的指甲剪。父親經常用它修手指甲，他邊修還邊陰陽怪氣地說母親。當時父親沒有把它從褲腰帶上解下來給我，而是給了正在掏他腰上鑰匙的我一巴掌，還對母親說，「看，都像妳，都像妳一樣木。」

我知道母親是不會替他剪指甲的，我只好去抽屜裏找來了剪刀。我對父親說：「我來給你剪指甲。」父親沒聽懂，我又說了一遍。父親就用好的左手把另一隻不動的右手盡力搬到我的面前，像搬著一根棍子似的。我握住了父親的右手，父親的右手已變得說不出的怪，冰涼，又不冰涼。這隻右手上的指甲長得又老又長，我用剪刀盡力地剪著，大拇指，食指，中指……

我說：「父親，這是小時候你打我的那隻手吧。你那時候下手怎麼那麼狠呢，使勁地打我，一打五個指印，想到這我真不想替你剪。」父親嘴裏嘟噥了一句，聽不清他在說什麼。可能父親在狡辯。正在洗衣服的母親說：「那時這個老東西正準備把我們母子幾個都拋棄掉呢。」母親說的聲音不大，但父親還是聽見了，竟然回過頭來對母親說了一句什麼，像是在喝斥。母親甩著手中的肥皂泡沫說：「你凶什麼，你有什麼資格凶，你現在不要凶，你現在歸我管，不歸那個騷狐狸精管。」

我還沒替父親剪完指甲，我愛人回來了，她什麼也沒說就衝進了房間，我進房間時，她大聲地說，「你把你的爪子好好地洗一洗，多用些肥皂。」我說：「已經洗了。」她頭也不回地說：「再洗洗。」

清晨起來，母親正在吃力地給父親穿衣服，母親經常說，「還不如把沒用的一半給鋸掉呢，鋸掉反而好穿了。」父親沒有用的那隻手的確很是累人。我正要過去幫忙，我愛人喊住了我：「你娘叫你寫的信呢？」我說：「還沒寫。」她的臉變長了：「你為什麼捨不得你大哥二哥就捨得你娘啊。他們不是你老子生的吧。」我說：「妳吵什麼？妳吵什麼？大哥他們忙。」說著我就把她推進門裏面，並低聲叫她不要吵了。她的嗓音更響了：「他們忙個屁，你大哥一家正在青島旅遊呢。」我正準備再說，可門外面有重物落地的聲音傳來了。我知道不好，父親掉到地上了，只剩下半個身子的父親重心不穩了。

我和母親吃力地把父親抬上了床。父親似乎並不疼，他什麼也不說，靠在床頭，眼睛呆呆地看著牆上的相框。我問：「你摔疼了沒有？」父親不說，依舊看著牆上的相框，相框裏是大哥穿著西裝的照片，二哥穿著軍裝的照片。母親說：「老神經了，三子在問你。」父親好像沒有聽見似的。母親又說了一句，「老神經，怕是不行了，三子，你在信中寫上一句，老頭子不行了，叫他們全部回來。」

父親突然開了口：「你敢。」我還看見那已經殘疾的右手動了動。父親說完重重嘆了一口氣，眼睛依舊盯著牆上的相框。母親說：「看吧，看吧，這些可都是你的乖兒子！」父親沒理母親，眼皮耷拉上了。我愛人飛也似地逃出了家，臨走時依舊把門重重地關上了，一股小旋風把牆上的日曆紙吹得嘩啦嘩啦響。

母親說：「三子，你家裏的還沒吃早飯吧？你們為什麼還不要孩子？我還能為你們帶上幾天呢。」

我沒有理母親：「不管她，她又不是小孩。」

母親就抹開了眼淚：「老東西，都是你，在外面胡搞，狐狸精能碰嗎？這倒好，小的都跟著受罪。」我是最不願看到母親流淚的。那時當父親把母親罵哭，我也是常常跟著哭的。

我心裏酸酸的，從藥瓶裏倒出一堆藥。蓮子樣的華佗再造丸、回春丸、活絡丹。我說：「我去單位了。」

下午還沒回家，我的耳朵就火辣辣的，我知道家裏肯定出事情了。下了班，我急急往家裏趕，開了門一看，父親依舊躺在床上，我早上數好的藥仍然在桌上。我低聲問母親：「怎麼回事呢？」母親說：「老東西又犯神經了，他不吃藥也不吃飯了。」

我走過去叫了聲：「爹。」父親閉著眼。我用手去摸他的鼻子，他還活著。我又叫了一聲：「爹，叫大哥回來也叫二哥回來，立即乘飛機回來，我去打電報。」說罷我就往外走，父親終於睜開眼來，說：「三子，求求你們了，或者讓我死，或者把我送到國外去治，把我治好了，我做牛做馬來回報你們。」

母親聽了呸了一口，又呸了一口。「老東西，人家醫生不是說了嘛，沒有特效藥。中央首長也這麼看。你吃了多少藥了，兩萬多塊錢啊，都扔下水了。」

父親說：「吃了又沒用，我就不吃藥。」

我說：「不吃藥?!那會再次中風，病情更重，連這隻膀子也會廢掉。」

父親嘟噥說：「當初你們為什麼要救我？」

我不再說話了。父親依舊問了一句：「當初你們為什麼要救我？」

我看著這個不像父親的父親心裏說：「為什麼要救你，你是我父親呢。不救你我們就沒有父親了。好在現在還有父親在面前啊。」現在想起來，在醫院的三天三夜真是太苦了。

父親依舊問：「當初你們為什麼要救我？」
母親說：「神經病，你死嘛，有本事你現在就去死。」
晚上我給大哥二哥寫信。記得小時候總是母親讓我寫信。給大哥寫信，給二哥寫信。可是回信總是父親拆了看，看完了就把信摔在桌上，然後氣沖沖地走了。他向外面打的兩個「算盤珠子」在信中從不問候他，儘管信封上寫的是他的名字，他的大名。
我在信中寫道，父親情緒不好，母親情緒也不好，我們都好。我愛人看了後說：「請把我的名字劃掉。」我只好把「我們」的「們」字劃掉。劃了之後信紙上就多了個墨團，我索性撕了，又重新寫道，父親情緒不好，母親情緒也不好，我很好。寫完了我問自己，我很好嗎？
我在信上繼續寫道，父親經常發脾氣，母親也發脾氣。大哥二哥要是你們都很忙的話，你們就不回來。如果不很忙，就回來一趟看看父親，看一眼少一眼了。
我和愛人吵了一架，聲音很響，我估計外面的父親和母親都聽見了。到了凌晨，我看著愛人那樣子，前幾天陪她去婦產科取化驗結果時她像隻小鳥，現在成了老鷹了。為了她肚子裏的孩子，我把我寫好的信拿到她面前一片一片地撕了，她不哭了。
我又寫信了，大哥二哥，父親情況不好，母親情況也不好……

我們一起走出房門時，父親已經被穿好衣服坐在藤椅上了，母親也燒好了早飯，我想，他們肯定也一夜未睡。

母親好像想說什麼，但最終沒有說。耷拉著頭的父親反而叫了一聲我愛人的名字。

小文回過頭來，說了一聲：「我和三子出去吃早飯。」

我們來到外面，她走了一會兒終於開口了：

「姓龐的，你真的挺會裝孫子。」

一個星期過去了，大哥二哥依舊沒有回來的跡象。我愛人很是不滿，出門時帶門聲很重，有時她關門，母親和父親的身體都不由自主地跟著震動一下。

到了第九天晚上，大哥回來了，就大哥一個人。當時我正在看電視，我愛人正在打毛衣。父親已經被脫了衣服躺在床上。母親問起大嫂，大哥說大嫂忙。母親又問起了她的大孫子，大哥說他上學。父親睜開眼來，大哥上前扶起父親穿上了上衣。父親就哭了起來，老淚一行一行地往下掉。母親也哭了起來，最後大哥也哭了起來。

我出去的時候的確什麼也哭不出來，大哥紅著眼睛說：「三子，我給老二掛了電話，老二有任務，不能回來。」說著大哥掏出一個信封：「這是我和你二哥給父親的五千塊錢，你多擔待一點，小文也多擔待一點。」

大哥說：「老三，我知道你為了父親，沒有生小孩，父親也沒有幾年好活了。我也很苦的，你大嫂你又不是不知道，你二嫂你也不是不知道，只有你愛人最好。」

我愛人不知什麼時候站在了門口，說：「大哥，你不要給我戴高帽子，只要你們知道我們的苦就行了，這五千塊我們不要，給娘。」

母親說：「我也不要，給你老子。你老子總是問，又把錢花到哪兒去啦。想當年，他把錢都花到了那個狐狸精身上，我問過他一句了嗎？現在他可好了，管事了。」

大哥說：「娘，妳看妳。」

父親笑了。父親笑得很滑稽，有點像哭，有點像笑。父親伸出左手想接住那裝有五千塊錢的信封。

母親一把奪了過去：「還是給我吧。」

大哥在家裏只住了一夜，我讓愛人回了娘家，大哥跟我睡。本來大哥想換母親服侍一夜父親。母親說：「不要髒了你的手，你有這個心就得了。」

我和大哥都沒睡，我還開玩笑地對大哥說：「大哥，你怎麼這麼尊敬他了，你不是叫他『老畜生』的嗎？」大哥沒有回答我，嘆了口氣。大哥變得很胖了，我說大哥你要當心遺傳啊。大哥又嘆了口氣。大哥在後來的話中反覆暗示我，對父親要「放開」點。我們已夠「仁至義盡」了。大哥說他又對我們不怎麼樣，我們可以說是「自己長大的」。大哥說了兩遍，怕我不懂，又仔細講了一個國外安樂死的事。大哥的意思我懂。大哥怕母親受苦。大哥在臨走時又說了一句，要母親「放開」點。然後使勁地握了一下我的手。匆匆地走了。

我估計他是偷著來的。大哥有點怕大嫂。大哥走後，母親把五千塊錢交給了我愛人。她推了一下，還是收下了。這一點，也不只這一點，她很像我母親，真是「不是一家人，不進一家門。」

進入秋天後，父親的狀態越來越不行了。經常尿在身上。有時候在夜裏，針灸過的右手和右腿都會不由自主地抽搐起來，把床板弄得咚咚地響，像是在敲鼓。母親不說是敲鼓，母親說是老東西又想打算盤了。母親還說，你父親快不行了。

父親吃也吃得少了。原先剛中風後那會兒他一點兒也不少吃，甚至還多吃。現在他吃得少多了，越來越瘦。父親開始有點糊塗了，有時候居然對著母親喊另外一個女人的名字。一開始母親聽了這話就罵父親：「老不死的，你還在想著那個狐狸精啊，我看還是把你送到那個狐狸精那兒算了。」後來當父親再對母親喊那個名字時，母親就用變了調的普通話答應了。

母親的樣子讓我們覺得好笑，我和愛人都會笑起來。母親也禁不住笑起來，笑著笑著眼淚就出來了，拭了一把，又是一把。母親也老了。後來我們笑的時候父親也跟著傻笑。父親越來越糊塗了。有一次我們吃午飯時，他居然把屎拉在了褲子上，母親給他換褲子時忍不住打了他後腦勺一下，父親居然像小孩一樣嗚嗚地哭了起來。

整整一個秋天，家裏都充斥著難聞的氣味。母親抱怨道：「我夠了，我真的夠了，菩薩啊，還是讓我先死吧。」

不光有這件事，這個秋天我愛人的妊娠反應非常厲害。她的嘔吐聲，母親的嘮叨聲，父親迷睡時的呼嚕聲，都令我驚惶不安。我憎恨這個秋天。

有一天夜裏，我正在做著吵架的夢，母親敲響了我的門，說：「三子，你父親不行了。」

我衣服也沒穿就衝了出來。父親無聲無息地躺在床上。我握住他的右手，他一點反應也沒有。我握住他的左手，他左手也沒有一點反應。我撓他的左腳心，撓了一下沒反應，我又使勁撓了一下，父親的腿忽然一縮。父親怕癢，父親還沒有死。

我還是不放心。我坐在父親面前，想著天亮時應該給大哥打電報的事。屋子裏不知什麼秋蟲在叫，聲音很急，像一把鋸子一樣鋸著這個夜晚，煩悶的鋸聲慢慢淹沒了我。我看著一動不動的父親，忽然憶起了父親與我的種種細節，鼻子一酸，眼淚就落了下來。我想起了父親第一次帶我去看電影，第一次帶我去澡堂洗澡，第一次帶我去吃豆腐腦，第一次帶我撐著一只甘蔗船去縣城……

母親見我流淚，說：「三子，你是孝子，別哭了，人總有這一遭。」

外面的天漸漸亮了，父親醒了過來，直喊餓，他讓母親給他餵粥。粥燒好了，父親只吃了兩口就搖頭不吃了。

父親怕活不過這個冬天了。

我愛人依舊反應厲害。母親很高興。父親似乎也很高興。母親好像還忘記了打紙牌這件事。記得她以前出去打紙牌，父親就一個人守著收音機。如今收音機壞了，父親也不想聽了。父親整天坐在藤椅上，藤椅已不像以前那樣吱呀吱呀地響。他整天迷睡著，涎水流得更長。母親開始給小孩做小衣服了。母親悄悄對小文說：「要趁早做，萬一妳父親去了，就沒時間了。」

父親有時候醒過來還嘟噥那個女人的名字。這時母親已沒心思答應父親了，也不罵父親了。我愛人還就此事問母親：「那個人……漂亮不漂亮？」

母親卻說：「老東西已經傻了。」

不管父親傻不傻，我愛人的肚子還是一天天地大起來了。我真擔心有一天，父親的死和孩子的生是同一天時間。我真不知道如何面對這樣的生和死。或者是父親死在前面，孩子出生在後面。或者相反。兩樣其實都不好。我整天都在為這個問題擔憂著，有時候我聽見父親的鼾聲停了，我就上前用手撓他的左手心。還沒撓父親就醒了，對我打了一個大哈欠，還嘟噥了一句，可能是說癢癢。還笑。笑得依舊很滑稽，笑得連口水也流出來了，收都收不住。

父親死得非常突然。我們都睡著了。母親也睡著了。母親事後說她在那天晚上還夢見了那個女人，母親在夢中和她糾纏在一起，最後母親把那個狐狸精打倒在地，還拽著那個狐狸精的長髮在地上拖，那個狐狸精一聲都不叫。母親就用腳踢她，狐狸精也不叫。母親後來踢到了已經涼下來的父親。母親驚醒過來，發現父親已經過去了。

我有點不甘心。我撓他的左手心，父親依然不動。我撓他的左腳心，撓了一下，又撓了一下，父親不動。我又去撓父親的胳肢窩，父親依然不動。我又俯下身去聽父親的心臟是否跳動，父親的胸膛依舊什麼也沒有。淚從我的眼裏衝了出來，我覺得我對不起父親，我是一個不孝之子。我確確實實做了大哥所說的「放開一點」。父親有很多要求我都沒答應他。他多少次想讓我教他學走路，我都嘲笑他。

母親也哭了。母親哭著罵著：「你這個老不死的，就這麼死啦，就這麼丟下我一個人了，還叫那個狐狸精跟我打架。」我愛人也在抹眼淚，母親說：「你回房間裏去，你是有身子的人了，你保好身子就是孝順。」

我開始替父親淨身，我用熱毛巾擦父親有點歪的臉，這有點歪的臉就像在笑，有點笑的父親緊閉雙眼。我用熱毛巾擦父親的身子，父親身上有很多跌傷的瘀痕，父親就是帶著這滿身的學步的傷痕走的。我用熱毛巾替父親擦背，父親的臀部上有褥瘡。我真是一個不孝之子。父親，你再打我一下。母親見我哭得很傷心，就反過來勸我：「三子，你這麼傷心幹嘛？他那麼打你你不記得了？」母親這麼一說我哭得更厲害了。

收殮時，母親做了幾個麵餅。母親說父親是吃過狗肉的，去了陰間要打狗呢。但父親的右手怎麼也握不住，最後母親用了一根她的頭髮把麵餅綁在了父親的手上。我不知道父親到了陰間會不會把這根頭髮解開，把麵餅擲向跟他索債的狗？父親到了陰間會不會健步如飛？父親死後，母親總是夢見父親拐腿的可憐樣。而我在以後的夢中，一直夢見父親是健步如飛的。

父親在世時我一點也不覺得父親的重要，父親走了之後我才覺得父親的不可缺少。我再沒有父親可叫了。每每看見有中風的老人在掙扎著用半個身子走路，我都會停下來，甚至扶一扶，吸一吸他們身上的氣息，或者目送他們努力地走遠。淚水又一次湧上了我的眼簾，我把這些中風的老人稱作半個父親。半個父親在疼。

有關老韭菜的前因後果

父親去世之後的第八年，我寫下了這首〈親愛的老韭菜〉，在這首詩中，我再次寫到了父親和母親爭吵中常常提到的那個狐狸精。

除了那年在縣城火葬場
與父親的最後一面，鏽跡斑斑的大鐵門
把我的淚水哐當震落
整整八年，我沒有流過一次淚水
也沒有說過父親一次壞話
沒有父親的日子裏，我只能說，母親
我們繼續炒父親喜愛的炒韭菜
火要大鍋要熱油要沸鹽要多鏟要快
過去他吃韭菜，我泡鹹湯
現在你吃韭菜，我泡鹹湯

我能吃下三碗粗米飯
直到飽嗝，像魚泡一樣升到童年的河面
母親，捧了這麼多年飯碗
我最好的食譜就是童年，就好像
父親毫無理由地毆打
其實被自己父親打，不值得驕傲
也不必羞恥。現在說起來
我一點也不疼了。八年了，我吃了八年炒韭菜
沒敢說父親一句壞話
我現在想說說：一年夏天
從未管過家務的父親突然買菜
五斤老韭菜像一捆草，那麼多
黃葉爛根。我揀了半天，你炒了一碗
老韭菜曖昧的女賣主
比老韭菜更加難以炒熟
母親，你心平氣和，不像我
猛然把韭菜湯潑掉

還潑掉了我的委屈的淚水
現在想起來，昔日的韭菜湯
不是因為太鹹，而是因為太淡
八年了，父親，今天說出了你的壞話
我有點孤單，有點酸楚
嘴裏還有點幸福的鹹味
火要大鍋要熱油要沸鹽要多鏟要快
母親，我向你學習
我要把這沒有父親的生活
稱之為親愛的老韭菜

那個賣韭菜的女人就是母親所說的狐狸精。我小時候就聽過她的許多故事，也知道她的小名。為了討母親的歡心，我故意把那個女人的小名叫成一個非常難聽的名字。母親只要聽到這樣叫，就會笑。我不知道她是開心地還是不開心地笑。反正她笑了。

有時候，母親也不讓我說起那個賣韭菜的女人。

那女人過得其實很不幸。母親說過她的年齡，比母親小十歲。後來我見到她，發現她比母親還要蒼老。

母親說她的男人早死了。

母親說她只有一個女兒，招了女婿，但很不孝順。

母親說她現在主要的生活是跟人家做幫廚。

母親說得很詳細。我很懷疑母親的情報來源，肯定不是父親告訴她的，但又是誰告訴她的呢？

父親去世的那一天，那個狐狸精在我們家門外徘徊過好幾次，從她悲戚的表情看，她肯定不是想來幫廚。估計她想過來看父親一眼，或者跟父親告別。但母親在家，這是絕對不可能實現的事。

後來我把這個故事講給朋友聽，朋友說，虧你還是搞寫作的，難道你不尊重愛情嗎？我不知道父親和那個被我叫錯了名字的女人之間的感情是不是愛情。親愛的老父親，無論你買過多少次老韭菜，無論我們又吃過多少次老韭菜，作為母親的兒子，此時此地的自私是應該的。

母親是我寫完〈親愛的老韭菜〉的第二年去世的，離父親去世九年。二姑媽說我母親過了九年好日子。母親沒回應這個評價，二姑媽說這話的時候，母親已永遠地離開我們了，她並不知道，我們兄弟三人是怎樣把那個悲戚的女人攔在門外的。

白露

蟬還在枝頭呼喚。快兩個月了，夜以繼日，無所畏忌。蟬笨拙的、執著的、孤僻的呼喚，並沒有在這沉默的人世裏激起一絲波瀾。

他實在太焦慮了。

躺在兩根扁擔上午睡的父親的呼嚕和蟬聲完全不在同一個頻率上。勞作了一個上午的父親，呼嚕沉悶有力，而得不到回聲的蟬聲嘶力竭。

在第一批露珠到達之前，最先變成「啞孩子」的，不是蟋蟀，而是那隻整天聽聲不見面的蟬。

親愛的洛爾迦，此時此刻的蟬，比蟋蟀更需要一滴露珠。

在蟬還沒有變成「啞孩子」之前，他的語速依舊快如機關槍掃射，一大片一大片。他從不管別人是否聽懂，總在急切地說著什麼。

是的，他要說出內心洶湧澎湃的汁液，太陽在推他，土地在命令他，他必須馬不停蹄地生長。那麼闊大的葉子你們看到了嗎？那麼肥碩的花朵你們看到了嗎？那麼密集的果實你們看到了嗎？

他的抒情無休無止，他的敘事更是密不透風。他有點像莫言小說《四十一炮》裏的那個「炮孩子」，更類似於寫《豐乳肥臀》時那個熱情奔放的莫言，幾乎沒有韁繩可以綁得住田野裏各種生命的孕育。

稻葉堅挺，棉花葉長成了梧桐葉，玉米們的長葉子彷彿一把長劍，無論是誰走近它們，玉米葉都如母獸般毫不客氣地刺將過來。山芋們則躲藏在招風耳的葉子下偷笑，裂開的土縫裏露出了它們掉了乳牙般的慌亂，其實他是完全不需要慌張的，期末考試還沒到來，甚至還沒到期末複習的階段。這是一段期中考試後的考試空白期。在這樣的空白期裏，這樣的緊張和慌亂是徒勞的，亦是可笑的。

夜晚，螢火蟲多了起來，牠們是提著燈籠的小頑童，點了燈，並不翻書，只是到處訪客，到處閑逛。如此自在，如此悠閑，這是他期待的成功嗎？

螢火蟲的夜晚，有多少深不見底的自卑，就有多少深不見底的迷茫。

父親說，世上本無事，庸人自擾之。

父親又說，一個人將來要有飯吃，要能文能武才行，你光能文，不能武，將來不可能靠吃紙吃字當飽。

他開始狡辯，並沒有面對面地狡辯，而是在一張紙上。

窗外的蛙聲一陣陣湧來。呱呱呱，呱呱呱。混雜在蛙聲中的，還有癩蛤蟆的叫聲，是短促的呱呱呱。可能癩蛤蟆的舌頭比青蛙的舌頭要粗短一些。

父親是說他是隻想吃天鵝的癩蛤蟆嗎？可他並不知道天鵝長什麼樣？他只是見過家鵝，他曾在無人注意的情況下，快速奔跑起來，威脅在打穀場上覓食的一群鵝，鵝們先後飛了起來，翅膀搧起的風颳到了他的臉頰上，似乎是天鵝帶來的風。但牠們並不是天鵝，牠們撲騰著很少用到的翅膀，飛得既不高，也不遠，最後一隻隻落到了打穀場邊的河面上。嘎嘎嘎地抗議。

他坐在打穀場的青石磙上注視著更遠的地方，似乎聽不見家鵝們的抗議聲。對岸的父親還在棉花地裏除草，他應該是光著身子的。汗水太多太多，衣服會被汗水浸壞的。父親讓他也光著身子除草，他堅決不服從。棉花地裏的第一批伏前桃已開了。青澀的棉桃突然吐出了雪白的棉絮，令他更要保守內心的祕密：他曾吃過一只剛剛結成的棉桃，那棉桃的汁液湧到他喉嚨裏的時候，他吃了一驚：柔軟的棉花原來是這些微甜的汁液變成的啊。

打穀場的土無比鬆軟，而休息了快兩個月的青石磙周圍全是茂盛的牛筋草。這牛筋草是童年他和父親「鬥老將」的玩具。現在他已沒任何興趣。再過一個月，收穫季到了。青石磙會忙碌起來，父親會毫不客氣地除去打穀場上所有的野草，用河水將打穀場上的土澆透，再混上積攢下來的草木灰，拉起青石磙，將打穀場碾軋得結結實實。

在這結結實實的打穀場上，青石磙還要繼續碾軋，碾軋那些不肯吐出口中果實的黃豆莢和早稻，坦白，坦白，再坦白。

他不想坦白。一個夏天沒有蓋過夾被的他，在螢火蟲遊走的夜晚裏，那夾被令他感到了青石磙般的碾軋。

他不止一次地醒了過來，站到了院子裏。院子裏全是晚飯花的香氣，率先結籽的晚飯花在嘀嘀嘀地往下落。父親以為花是母親種的。如果父親知道是他移栽的，又會板著臉訓斥，一個要頂天立地的男人，弄什麼雜花亂草？

這株晚飯花與汪曾祺有關。這是他購買的第一本小說。綠色封面的。晚飯花在他們這裏，叫做懶婆娘花。懶婆娘花，意思是到了黃昏時才開花。實在太難聽了。他堅持叫它晚飯花。他甚至想，他就是走過王玉英家的那個少年李小龍。

父親肯定不知道他竟然幻想自己是李小龍。但父親反覆對他說起了稗子這種寄生者，稗子混雜在稻秧中，稗葉和稻葉幾成亂真，不到抽穗，稗子這個偽造者會繼續跟跑下去，直到抽穗那幾天，稗子突然發力，躥高了個子。即使稗子的根系比普通的稻子扎得深，它也比不過父親的手，父親蹲下身去，抓住稗子的根，使勁晃了晃，稗子上的露珠率先滾落下來，接著是稗子周圍的稻葉上的露珠，幾乎聽不到露珠跌落的聲音。

稗子被拋到田埂上的時候，還是連根帶葉立著的，分了許多蘖的稗子成了一大簇了。他嚇了一跳，這稗子長得太高了，和他的個子差不多。

突然，一陣羞愧襲擊了他，他想拎住那簇稗子甩出去。可那簇稗子連著根系帶出來的泥太重了。他的身體被稗子扯住，晃了晃，差點失去了平衡，如果不是用腳趾緊緊咬住田埂，那就跌倒在稻田裏了。

尷尬不已的他回頭看了看父親，正在全力剿滅稗子的父親在稻行間越走越遠了。父親的舊草帽上那顆紅五星褪了點色，紅五星的周圍是毛體的四個字：勞動光榮。

勞動光榮，應該是在他的平原上最適合的四個字。這褪了些色的四個紅字，被露珠完全打溼之後，會煥發出最初的豔紅色，彷彿最初的書寫。

適合在他的平原上出現的還有一句詩：喜看稻菽千重浪，遍地英雄下夕煙。這兩句詩他不知道書寫過多少次，稻菽，千重浪，英雄，夕煙。這一組意象中，「菽」字最陌生。他決定探究個明白，在一本叫做《毛澤東詩詞》的書中，他找到了「菽」字的解釋。還了解了常常看見的「五穀豐登」中的「五穀」是怎麼回事。「菽」就在「五穀」之中：稻、黍、稷、麥、菽。

「菽」是第五名。「菽」即大豆。大豆是黃豆。大豆並不是比黃豆大得多的蠶豆，它就是黃豆。這樣的發現實在太令他驚奇了。他開始了對從不入他法眼的黃豆田的巡邏。

「菽」根本沒有「千重浪」，風再大，「菽」的葉片相互傳遞著風能，「菽」們也僅僅是細浪。唯一能激起「菽」浪花的是來偷黃豆的野兔。這些野兔等待得太久了，牠們比他更熟悉「菽」成熟的時間。「菽」比「稻」成熟得更早。每當偷黃豆的野兔慌慌張張地躥過「菽」田的時候，「菽」浪就出現了，不過僅僅一道，那一道「菽」浪完全出賣了野兔逃跑的途徑。他不想告訴父親野兔光臨「菽」田的消息。這消息告訴了父親等於是告訴了父親手中的魚叉。他曾使用過父親的魚叉，從來都是徒勞而歸。父親說他的手沒力氣。其實他是怕魚叉叉到了魚的身上，叉到了野兔的身上。父親說，你要餓死的。這世上，總是大魚吃小魚，小魚吃小蝦，小蝦吃泥巴。

他知道父親是在批評他身上的多愁善感。但他擺脫不掉這樣的多愁善感，他曾和一隻小野兔目光相對，野兔眼神中的膽怯，他很熟悉，非常熟悉。

他不去想野兔了。他已訝異於「菽」田中滿目的黃。黃豆成熟時的葉子也黃了，在早晨八九點鐘的太陽下，那「黃」被露珠浸潤了，是最標準最周正的「黃」。比稻田的灰黃，向日葵的焰黃，銀杏葉的金黃，更接近秋天的黃，是黃顏色中的最高值，是百分之百的黃。

過了好多年，他為黃豆田的「黃」想到了一種表達：那是誠實的黃，也是絲毫不說謊的黃。世界上沒有哪個畫家能再現土地上長出來的「黃豆黃」。

父親不識字，但他肚子裏有許多農諺。比如「大瓦風小瓦雨」，是說如果天上的雲像大瓦一樣排列的話，表示要颳風了；如果天上的雲像小瓦一樣排列的話，表示要下雨了。再比如，「早上燒霞，等水燒茶；晚上燒霞，曬死蛤蟆」，這是說，如果早上霞光萬丈，表示馬上就下雨；晚上霞光萬丈，那就等著高溫曝曬吧。對於即將到來的白露節氣，父親每年都會念叨：白露白迷迷，秋分稻秀齊。

這幾天晴著，頭伏的棉花很快就曬乾收袋了。黃豆們也被曬乾了，一半存到了豆腐店裏，一半被裝到了大肚子的陶甕中。而天氣預報中，南海上的颱風已快到十號了。總有一個颱風會颳到平原上來，颳到已準備了三個月的稻田中來。但父親從不向他說出對於天氣對於收穫的擔憂，這是父親的領地，是父親的王國。

他估計父親還是擔心白露的天氣，因為父親加快了颱風到來前的準備工作。父親找到磨刀石，伏在院子裏霍霍磨亮了割蘆葦的大鐮刀。

正在伏案寫詩的他聽到了磨刀的聲音，在磨刀的聲音中寫詩，他想到了卡夫卡。

為什麼是卡夫卡？

他也不明白，在那樣的日子裏，在蟬聲依舊，蛙聲遍地的平原上，「卡夫卡」這三個字，為什麼要在他的日記上出現過那麼多次？其實他當時根本不懂卡夫卡，但他就是喜歡這三個字。他根本不能和父親說起卡夫卡。如果說到這個名字，他估計父親的喉嚨會被「卡夫卡」這三個字如魚刺般卡住。父子大戰就會不可避免地發生。這些年，父親和他的戰爭幾乎每年都發生，但發生的次數越來越少。原來的戰爭次數為兩位數，現在已下降到個位數。他不想讓這個位數再上升到兩位數。

蘆葦們已「秀」出了紫褐色的蘆穗，剛剛「秀」出來的蘆穗溼漉漉的，蓄滿了露水，彷彿有一層溼漉漉的胎衣裹在了上面。溼漉漉的蘆穗要曬三天左右才能變成「白頭翁」。

父親低下頭收割，這樣的收割可能是割稻子的演習。他負責在後面捆。捆蘆葦的「腰」是蘆葦蕩中的雜草。每捆成一捆，他都會仰頭看天。天上有快速遊走的雲。颱風不遠了。

突然，一道綠色的光躥過他的眼前。那是一條被父親和他驚動的青草蛇。有胳膊粗，有扁擔長。他呆住了，看著那綠光又如閃電般消失。

蛇！他叫了一聲。

父親像是沒聽見似的，繼續割蘆葦，一排又一排的蘆葦在他的前面矮了下去。蘆葦汁液的清香一陣陣洗滌著他。

除了父親割蘆葦的聲音，幾乎沒有其他聲音。聲嘶力竭的蟬鳴消失了。

颱風到來之前，父親和他一起用新割的蘆葦給豬圈加了頂，還修補了灶房的屋頂。餘下的蘆葦繼續放在太陽下曬。

此時的陽光和半個月前的陽光已完全不一樣了。走到樹蔭下，清涼之風一陣陣拂來。他再次去收割了的「菽」田巡邏，父親已用大鐵鍬將它深翻了一次，整個「菽」田裏幾乎沒有黃豆的「黃」，變成了滿眼的黑土。

也許是父親的收割行為刺激了依舊在平原上生長的植物，它們憋了一口氣，拚命地生長。山芋地裏的縫隙越來越大，稻子們已在祕密地灌漿，玉米們已結到了高處，還有隨便到哪個草叢中都會摸出一只大南瓜或者大冬瓜，它們幾乎每天都會給父親一個奇蹟。

他從書本上抬起頭來，看著磨盤樣的南瓜和胖娃娃大的冬瓜發呆，它們的肚子裏究竟藏了什麼祕密？

有幾隻蜜蜂還撞到了他的臉上，這是去山芋地裏冒出來的青葙花（野雞冠花）上採蜜的蜜蜂。他認識這開著桃紅色花的青葙，前年是一株，去年是三株，今年是八株。

父親決定在「菽」田裏套種一季紫蘿蔔。與「黃豆黃」一樣，紫蘿蔔的葉莖會呈現出純正的紫，也是百分之百的紫。

汪曾祺在〈蘿蔔〉中寫道：「紫蘿蔔不大，大的如一個大衣口子，扁圓形，皮色烏紫。據說這是五倍子染的。看來不是本色。因為它掉色，吃了，嘴唇、牙肉也是烏紫烏紫的。裏面的肉卻是嫩白的。這種蘿蔔非本地所產，產在泰州。每年秋末，就有泰州人來賣紫蘿蔔，都是女的，挎一個柳條籃子，沿街吆喝：『紫蘿——蔔！』」

他讀過這段文字，但這可能是汪曾祺唯一的錯誤。

他們家的紫蘿蔔的確是紫色的，紫蘿蔔的皮也不是「五倍子」染的。紫蘿蔔天生是紫的，就像桑葚，吃了，就是滿嘴唇的紫色。

他想跟父親說汪曾祺，但他還是忍住了。萬一父親生氣了，命令他說出汪曾祺的地址，和汪曾祺先生計較紫蘿蔔的真假怎麼辦？

他很感謝父親，先是「黃豆黃」，後是「紫蘿蔔紫」。這樣的土地美學，這樣的植物美學，他沒問父親是什麼意思，但他在他的文字中記下來了，是平原上的彩虹，更是他生命中的彩虹。在彩虹下，父親和他，一人扛著鐵鍬，一人握著鐮刀，肩並肩地向平原深處走過去。

現在，露珠在他的敘述中出現了。

他已意識到了自己的緊張和可笑，正在訓練自己要控制住語速。從夏天到秋天，他原來的語速像準備頂橡樹的小牛犢，現在他已慢慢駕馭了這隻小牛犢。當他需要表達，需要敘述，他會準確地抓住那剛剛冒出來的牛角。

那稚嫩的牛角是剛剛學會的修辭。

他的敘述中有了逗號。

在許多失敗的逗號之後，他漸漸學會了使用逗號。

再後來，他學會了使用了句號。

那句號，就是露珠。這是白露節氣的露珠。每一滴露珠都藏著顆隱忍之心。這顆隱忍之心，目光一樣透明，孩童一樣無邪。

他不再是小夥子了，成了這個平原上沉穩的叔叔。他看見了草葉上的露珠。稻葉上的露珠。山芋地裏青稍上的露珠。摘光了玉米棒的空玉米地上的露珠。被野兔驚落的露珠。剛剛吐絮的新棉上的露珠。蜘蛛網上的露珠。青石磙上的露珠。已長出四葉的紫蘿蔔地裏的露珠。他看到了他的平原上全是露珠。離他最近的一穗狗尾巴草最為貪心呢，它擁有不止一百顆露珠，正肆無忌憚地吮吸著，彷彿飢渴的孩子。最為飢渴的，是他內心的蟬。被無數顆露珠擁抱的蟬，重新找到了屬於他的嗓門。

月亮從不放棄

宰年豬

臘月裏年豬的嚎叫聲高昂，打破了雪後村莊的安靜。看熱鬧的我們在扁臉屠夫的面前躥來躥去，要是換在平時，他的臭脾氣早就發作了，不是罵我們這些小孩子，就是用手中的殺豬刀威脅我們。而宰年豬的時節，他不會發作。他的生意實在太好了，宰了東家的年豬，接著就要去宰西家的年豬。每個宰年豬的人家都得把家裏所有的鍋燒滿沸水，等待燙豬褪豬毛。扁臉屠夫宰年豬的樣子實在不好看，但有一樣程序是好玩的：每當把年豬宰完之後，扁臉屠夫都得在年豬的某個腳上剝下一個口子，然後用嘴湊在上面吹。扁臉屠夫往豬皮裏吹氣的時候，他會要求主人同時用鐵釺捶打豬身。那豬會慢慢鼓起來，越來越胖，直到符合褪豬毛的要求。我們看熱鬧，是因為扁臉屠夫肺活量太驚人了，他竟然能把年豬吹成豬「氣球」，要是真去吹氣球的話，肯定每只氣球都會被他吹炸！

父親

過了臘月廿四送完灶，父親就要撣塵。撣塵這件事不是很滑稽，滑稽的是撣塵的父親會向母親索要她紮在頭上的紅方巾。「紮方巾」是女子的風景。父親把母親的紅方巾紮在頭上，用綁著竹竿的新掃帚仰頭「撣塵」。誰能想到從來不苟言笑的父親會紮著紅方巾呢?!我暗暗想笑，可又不敢笑。後來我從母親的眼中看到了她的偷笑，同謀似地笑了。正在堂屋裏撣塵的父親不知道我們在笑什麼，訓斥道：「吃了笑笑果了？」我趕緊止住了笑，把那些搬出堂屋的板凳拎起來，拎到河碼頭上，給板凳「洗澡」。臘月的水很冷，可我不怕冷，一邊洗，一邊笑。看到生人，趕緊收住笑，堅決不能讓別人知道父親正紮著紅方巾，更不能讓別人看見父親此刻的滑稽相。

大年初一

我們家的家務都是母親做的，父親從來不做家務。但大年初一的家務必須是父親做。其實在除夕夜，母親把年夜飯忙完之後，給我們換完漿洗一新的衣服，換好新鞋，她就開始休息了。父親接灶神，敬菩薩，點炮仗，給我們每人一份壓歲錢，並囑咐我們記得把新鞋子翻蓋在地板上。大年初一早晨，必須要等他敬完菩薩，燒好早飯，並且給睡在床上的我們一塊雲片糕「甜嘴」之後才能起床。而起床不能叫起床，得叫「升帳」。大年初一的凌晨，盼著過年的我們早就被別人家的炮仗聲驚醒了，但父親沒有給我們雲片糕「甜嘴」之前，我們不能說話。我們把耳朵豎得尖尖的，聽著父親「升帳」，洗漱，燒早飯，敬菩薩，放「天地炮」。父親做家務實在是太笨拙了，那麼慢，慢得我們都替他一陣著急。到了放「天地炮」的時候，我們那顆歡樂的心才會如炮仗聲鬆弛開來。

小鞭炮

正月裏的年往往過得很快，正月初一到初五這「五天年」過去後，走親戚就多了。看人家嫁女兒，看人家娶新娘。炮仗聲在哪裏響起，我就會在哪裏出現。我是來尋找那些沒有爆炸的小炮仗。為了搶鞭炮，我的手掌心曾被延遲爆炸的小鞭炮炸得生疼。這樣的生疼很快就被玩耍的興奮所替代了。

十六夜的火堆

「十六夜，炸麻花，偷糍粑，撩人罵。」「十六夜」是指正月十六的晚上。這天晚上是一場規模不小的喜劇。喜劇的主角不是抱怨我把乾淨衣服弄髒的母親，也不是恢復了嚴肅表情修理農具的父親，而是我們這些半大的孩子。「炸麻花」是把玉米粒放在銅火爐裏面炸成麻花。正月十六的晚上，炸麻花能炸瞎老鼠的眼睛，麻花炸得越多，老鼠死得越多。「偷糍粑」是指我們必須要別人家偷「團」。「團」是我們這裏臘月裏做的糯米團，蒸好了放在水缸裏可以一直吃到端午。平時不允許「偷」，可正月十六可以「偷」。「偷」其實是一種儀式，彼此心知肚明，但被偷的人家必須要罵「小偷」，而做「小偷」的我們最喜歡聽人罵，因為在正月十六夜被人家罵了是最吉利的，能去晦氣。「偷」來的「團」必須當天晚上切下來，炒成糍粑吃掉。吃完糍粑的我還要趕赴喜劇的高潮部分，那就是到打穀場上跳火堆（又叫「跨屯事」，「屯」是易經裏所說的困難之事，「跨屯事」是指把一年最倒楣的事全部拋棄掉）。火堆是用稻草點燃的。跳火堆時，總是父親先跳，接著是母親，再後來是哥哥，接著是我。我在我的長篇小說《醜孩》的結尾處，就用了跳火堆這個情節。每一次越過火堆，我都覺得自己長大了。

新月

正月十六，新月亮很圓。臘月的黏土早變成了酥土，打穀場上的土踩上去軟綿綿的。跳完火堆，我看著長了幾碼的新腳印，新布鞋鞋底密密的針腳窩烙在酥土上，每一個針腳裏都盛滿了新的火光新的月光。

喜劇之後，就是長長長長的苦日子。父親的苦日子，母親的苦日子，我們的苦日子。每一個農曆臘月和正月的喜劇都顯得特別短暫，但月亮還在，她從來就沒有放棄過我們的村莊、我們家的院落。

鹽巴草名之考證

比起漫長的夏天，漫長的冬天才是人間的真相。比如那些破冰而行的捕魚人，竹篙從水裏拔上來，瞬間就結滿了滑溜溜的冰。

比人更艱辛的是那些畜生們。雞好辦，牠們會去尋找灰堆扒食。狗也好辦，因為牠鼻子好使。

豬是最難受的了，牠飯量大，偏偏飼料總是滿足不了牠。人都吃兩頓了，泔水還能有多少？好久不去舂米了，米糠眼見著往下少。稻草軋出的草糠是非常難下嚥的。母親就和上幾勺子漚好的芋頭莛（父親深秋時分連夜用鍘刀鍘出的芋頭莛泡出來的特殊飼料）。芋頭莛的味道肯定也是不好的，但豬還是吃下去了。

漚泡在瓦缸裏的芋頭莛也少了許多。村莊裏除了公雞的打鳴聲，就是豬們在拚命喊餓的聲音。本來可以年前賣掉，可太瘦了，賣掉很不划算。要是在夏天，我可以去拾豬草，一筐又一筐，往豬圈裏背。一半被豬吃掉了，一半被豬踩成了肥料。

冬天裏，田野裏沒有綠茵茵的豬草。

父親卻要求我們去撿拾那些枯在灌溉渠邊的鹽巴草。灌溉渠有淺淺的水，鹽巴草長得好。

那是大年初二的早晨，別人家過年走親戚，我們一家卻在破冰，搖船去田裏扯鹽巴草。父親說，豬瘦了，但鹽巴草裏有葡萄糖！不信，你們可以嚼鹽巴草，最後嘴巴裏是甜的！

的確有點甜……可又是誰，告訴了文盲的父親鹽巴草裏有葡萄糖？也許是父親猜的。因為我們村莊的人，都迷信葡萄糖。

大年初二，村莊是滿的，田野是空曠的。田野裏沒有人，那寒風吹得更為猖狂。扯鹽巴草的手指都凍僵了，根本用不上力——熬到冬天的鹽巴草的力氣比我們還要大！

村莊那邊時不時傳來鞭炮的聲音，那是人家辦喜事。也有鑼鼓的聲音傳來，那是舞龍隊過來了。而我都無法去湊熱鬧了。父親說，有什麼好看的，豬養肥了，賣個好價錢，比什麼都強。還有，都打春了，還能玩嗎？

父親說的打春就是立春。我這才知道，那個大年初二是立春，難怪原來很堅硬的土變得比過去酥軟了許多。剛才來的路上，破冰也比前幾天容易多了。冬天的堅硬，正在慢慢地改變。

很多很多的立春忘掉了。但我一直記得那年立春。本來我給自己的正月初二的任務是讀春聯。喜歡讀春聯的我剛剛把全村人家的春聯讀了一遍。那些黑字紅底的春聯看久了，眼睛一團團花。但我還是堅持看一遍。我想遇見令我動心的好春聯。這些好春聯我會抄下來，留到來年的春節，在自家的門上也寫上一副。

但這個計畫還是被滿船的枯鹽巴草打敗了。我們從荒野中扯了很多鹽巴草。可每到了夏天，還會有許多鹽巴草會蔓延出來。鹽巴草，多像窮日子裏的那些頑強。

後來有很多年，我一直想把鹽巴草的學名找出來。終於有一天，我在亂山似的書房裏找到了鹽巴草的學名。鹽巴草只是它在我們那裏的小名，在其他地方它並不叫這名字。它的標準學名叫狗牙根。也有的地方叫它為爬根草。雲南人則把它叫做鐵線草。

鐵線草，我喜歡這個名字，像鐵線一樣，扯不斷，也得用力扯的鐵線草哦。

世間最忙碌的蟲子

驚蟄的雷聲約等於小學校的上課鐘聲。

驚蟄可能怕懶蟲們睡懶覺睡得太久，忘記上學了，「雷公校長」就果斷敲響了閑置已久的漆紅大鼓。

鼓聲隆隆，稱之為「驚」。懶蟲們聽到了，驚醒了，所以叫驚蟄，又名：春雷一聲動，遍地起爬蟲。

但是，驚蟄時節，最先醒過來的蟲子是哪個？

有人說「蟄」字下面的「蟲」是「長蟲」。即蛇同學。也有不同意見，為什麼不是蜈蚣同學呢？蚯蚓同學？青蛙同學？或者，螞蟻同學？要知道，這些睡懶覺的同學都在等待雷公校長的鼓聲哦。

比如蛇同學，越冬常常因陋就簡，隨便將就。我曾在老屋的牆縫裏摸到一排蛇蛋。如子彈樣的橢圓形的白殼蛇蛋，並排黏在一起。我記得是四枚，我在眾夥伴的慫恿下打開了蛇蛋，有蛋清也有蛋黃，蛋黃裏已有小蚯蚓一樣的幼蛇。這是冬眠前的蛇生下來的。

除了人為的破壞，大自然的考驗也很殘酷，我看過一份資料，到了驚蟄時節，聽到雷公校長鼓聲，也就是能繼續上學的，最多七成。如果冬天太寒冷，那只有五成活到了第二年春天。

相比蛇同學的粗心，蜈蚣同學準備更充分，蜈蚣們會鑽洞，鑽得很深很深，鑽到寒冷無法侵入的深度，有時候，能鑽到一米深的地方。不吃，不喝，不動。如此沉睡的時候，蜈蚣最怕的是公雞。公雞是蜈蚣的天敵，牠們的利爪總是在曠野裏扒拉。如果蜈蚣冬眠的地點太淺，正好是公雞的食物。蜈蚣為五毒之一，為什麼公雞不懼怕蜈蚣？父親說，蜈蚣和公雞是死仇。

為什麼？

父親說不出原因，就像他說不清他如此地辛苦勞作，卻依舊餵不飽他飢餓的子女們。

蚯蚓同學與蜈蚣同學類似，牠們的冬眠常常會遭遇釣魚人的暴力拆遷。很多釣魚人，在那麼寒冷的冬天，將浮到水面上曬太陽的魚釣上來，總覺得有乘人之危的味道。

我和朋友討論過這事，還沒說到蚯蚓的委屈，朋友就說這世上從來都是田雞（青蛙）要命蛇要飽。

朋友這話用學術語言翻譯就是「叢林法則」，可憑什麼，不讓冬眠的蚯蚓等到雷公校長的鼓聲?!

作為兩棲界歌唱家和捕蟲專家的青蛙和癩蛤蟆，牠們冬眠時會異常安靜。在我家石頭臺階下，我發現過扁成一張紙的癩蛤蟆，真成了張薄薄的癩蛤蟆紙！牠們把喉嚨裏的歌聲也壓扁了嗎？牠們的骨頭呢？牠們的內臟呢？後來學到「蟄伏」這個詞，我一下想到了這張扁成紙的癩蛤蟆：最低的生活標準，最艱難的堅持，還有沉默中的苦熬！

有精品房的螞蟻越冬準備超過了人類。在入冬之前，牠們先運草種，再搬運蚜蟲、灰蝶幼蟲等，請這些客人到蟻巢內過冬。但牠們的友情不是無私的，而是實用的，螞蟻將這些客人的排泄物作為越冬的食物。等到貯藏的食物吃得差不多了，雷公校長的鼓聲就該響了。

但如此精心如此努力的螞蟻，如果遇到我們手中的樟腦丸，如果碰上了我們淘氣的一泡尿，牠們會立即被淘汰，沒有驚呼，也沒有嘆息，連一聲悼念都沒有。

生存不易，夢想更不易，都得好好惜生。春雷響了，正好九九，九九那個豔陽天啊，那久違的溫暖總會使所有越過冬天的眾生感慨不已。

過了驚蟄節，春耕不能歇。上課的鈴聲要響了，眾生們背負著自己的命運奔跑著去學校。春耕季節來了，父親說：沒有閑時了。

是啊，九盡楊花開，農活一齊來。沒有閑時憂傷了，也沒有閑時快樂了，季節不等人，一刻值千金。恍惚之間，這世間最忙碌的蟲子，是在這塊土地上過日子的人。

石磙上的男孩

油菜幾乎是一個上午黃掉的。

麥子們的麥芒在太陽下閃閃發光，像是剛剛理了新頭髮。

新蠶豆。新大蒜。全是新的。

「立夏十天遍地黃。」

如果我有一支畫筆，我最想畫立夏節氣的大地。飽滿的綠，飽滿的黃，飽滿的額頭，飽滿的笑容。

父親給我的感覺也是新的。他一改過去的嚴肅，突然將我抱起，然後扛到肩膀上。路在我的視線下快速地向後退去。我不知道父親將我抱到哪裏，也不知道我究竟犯了什麼錯。我聽到我的小小的心，在瘦弱的胸膛裏，來回地晃盪。

轉過一條巷子，是屠夫的家。很多人圍在那裏，似乎在殺豬。但聽不到豬的叫聲。

父親擠過人群，忽然將我扔下。在向下墜落的過程中，我無奈地閉上了眼睛。在眾人的哄笑聲中，我睜開了眼睛。原來我被父親扔到了盛稻麥的笆斗裏。

哄笑的大人說我連苗豬都不是，最多算作小青蛙。

父親叫抬著笆斗的人報出我的毛重。

我的體重實在太丟人了。父親說，說你是狗，你不是狗。說你像貓，你比貓的嘴還刁。從今天起，不允許坐門檻，必須每天三碗飯。

我坐門檻的次數其實不多。還有，我實在吃不下每天三碗飯，但我肯定超過田雞的重量。大人的哄笑聲令我記下了對青蛙的仇恨。

但青蛙總是在育秧苗的水田裏高聲合唱，彷彿是在嘲笑我的瘦小。我想去捉住牠們，但又不能去育秧苗的水田去。有時候，扔一顆土坷垃過去，青蛙停止了合唱。也僅僅是下課十分鐘的時間，那些青蛙又開始合唱，嘲笑我的聲音幾乎令全村人都知道了。

我把所有的仇恨都放在了螻蛄的身上。螻蛄和青蛙有相似之處，醜陋，叫聲難聽。更重要的是，螻蛄是害蟲，無論怎麼消滅，都不會引起父親的反感。

螻蛄被我幾乎消滅完了，立夏節氣到來了。

好玩的鬥蛋開始了。

尖者為頭，圓者為尾。蛋頭鬥蛋頭，蛋尾擊蛋尾。雖然我的個子最小，我的蛋常常是鬥蛋的常勝將軍。

但我沒有鬥成蛋。我再次被父親捉過去，將我帶到空曠的打穀場上。打穀場上，除了去年的草垛，就是碩大的石磙了。這石磙，又叫石磙將軍。

父親說，你給我脫光了。

我脫光了衣服，真的像一隻又瘦又小的青蛙。

父親說，你給我坐到石磙將軍身上，你將來的力氣比石磙將軍還要大。

於是，光著身子的我坐到了石磙上，石磙給我的感覺相當怪異，我坐立不安。但有一隻蜘蛛拯救了我，牠快速從我的身體上攀援過去，還用蛛絲努力將我綁住。

我當然沒被這隻有野心的蜘蛛綁住，但我的力氣依舊很小，更不可能達到石磙將軍的力氣。立夏節氣，那個坐在石磙上的我，似乎是一個夢。我常想確認這是不是真的。父親在世的時候，我問過幾次，他說沒這回事。

父親去世之後，我多次想過這件事，更覺得這件事是蜘蛛做過的一個夢。

柴草與醃菜

大雪之前，一盞小桅燈
就能照見堆柴草的人家

這是剛剛割下的柴草
已經捆好了，像捆好的日子
父親在下面，我在上面
一排一排地往上堆

開始父親用手接，後來扔
再後來就用上木杈了
一捆一捆地往上堆

我漸漸地升到了天空中

高過了屋頂，父親在燈下的影子
越來越小

堆柴草的人家
小心火燭

最後我像一捆草一樣
滑
下
來
父親用大手接住了我

我和父親都靠著柴草堆
默默無言
不用到明年
這場大雪之後
這堆柴草就會矮下去的

因此在每場大雪之前
我都想帶一盞小桅燈回家
回到屋前的油燈下

撣去滿身的蘆絮

堆柴草的人家
小心火燭

這首詩叫做〈堆柴草的人家〉。我曾嘗試把這首詩改成一篇文章。改到一半，我還是放棄了。

與這個畫面相似的，是我光著腳丫在粗瓷大缸裏醃大菜。大棵子菜必須洗乾淨，然後再晾乾。外面颳著北風，大棵子菜在粗瓷大缸裏一層層排隊。我的腳力明顯比不上父親的腳力。但母親說，大人的腳踩的醃菜會特別地酸臭。

這是我和母親相處的一個畫面。堆柴草是往上堆，而醃大菜則需要使勁踩，每當踩到粗鹽疙瘩時，母親會從我的眉毛上得到信息，問我硌疼了沒有。我當然說沒有。這點疼算什麼。到了寒冬，由我踩出的醃大菜又脆又香，最好的一道菜，便是汪曾祺先生經常提起的鹹菜燒慈姑。

冬天到來前，做完了堆柴草和醃大菜這兩個功課，就等著迎接那來自西伯利亞的滾滾寒流了。

如此肥胖又如此漫長

每天都有一個父親在死去
每天的哀痛在我的內心像積雪
不要過分相信我的話
否則積雪就會融化，道路就會泥濘
我們說的話就全是誣衊。

1

我記得開始的夏天還沒有那麼漫長，父親也還沒那麼肥胖，他更沒有那麼粗暴，他還是個壯年的父親。

我記得我的老鵝還沒被父親宰殺。我的老鵝還帶著小鵝在外面覓食。小鵝還小，但牠們成為我們家寶貝的時間僅僅半個月。半個月後，牠們就被趕到「廣闊天地」裏獨立覓食去了。

牠們身上那動人的鵝黃慢慢被白羽毛所替代了。至於這樣的替代是哪一天、哪個時刻完成的，誰也說不清。就像我，實在回憶不出父親什麼時候打我我決定不求饒的。

我在那座四面環水的村莊生活到十三歲，然後出門求學。此時我已讀完了小學五年級和初一初二。也就是一個標準的初中畢業生。偏偏那年有了初三，我必須離開這個村莊去鄉政府所在地去上學。父親半是高興，半是擔憂。他害怕我成為一個文也不能武也不能的半吊子。

我離開村莊的那天，村莊安安靜靜的，根本沒有人起來送送我，除了河裏那群白花花的呆頭鵝。我撿起一塊土坷垃扔過去，沒扔中——牠們伸長了脖子嘎嘎地叫了幾聲，表達了牠們一以貫之的驕傲。

這是一群新鵝。是一群劫後餘生的鵝。從去年夏日長到今年夏日和我如朋友般的那隻老鵝，被父親宰殺掉了。宰殺老鵝的時候，我目睹著這群劫後餘生的鵝開始逃跑，牠們張開白翅膀，一隻跟著一隻，飛快地掠過那清涼的水面。在那天，我沒有聽到牠們驕傲的歌聲。

但到了晚上，牠們又在我的呼喚下回到了鵝欄。

我覺得無比恥辱，又對父親的命令無比服從，我甚至還去向父親表功。我是鵝的什麼？牠們知道我扮演了什麼角色嗎？甚至在殺老鵝的時候，我還悄悄藏起了老鵝一根最長的鵝毛。因為我看到過偉人的手裏總是拿著一支鵝毛筆。後來那鵝毛根部的油脂太多，字根本就寫不出來。

我出賣過多次我的鵝。

後來鵝沒有了。夏日就變得無比漫長起來。

再過了很多年後的夏日，我的桌上多了兩盆火鶴花。一個叫紅掌，一個叫白掌。突然想到，那天殺我的老鵝時，父親將老鵝的那對「紅掌」用沸水澆過之後，嘩啦一下撕去老鵝腳掌上外面的紅皮。那「紅掌」就這樣變成了「白掌」。如我面前的這兩盆悲傷的火鶴花。

2

大學裏寫過麥地的詩，那全是海子寫過的麥芒。父親曾問過我，你整天寫的是什麼東西？你可不要闖禍啊！我沒有回答他。他搞不懂什麼是詩歌，就像我也搞不懂麥地裏的麥子為什麼那樣戳我的手指。

詩人，你無力償還
麥地和光芒的情義
一種願望

一種善良
你無力償還。

手指的疼痛無法休止，我的詩歌也不能結束。

記得那個初夏，我抱了本詩集回到家裏。我一回來母親就表達了足夠的熱情，你父親不在家，他在鄉糧站看大門呢。我心裏長舒了一口氣，這個星期天正好睡懶覺。

我從下午三點上床，一直睡到晚上七點多鐘，是父親的聲音把我驚醒的，當時我心裏就咯噔一聲，他怎麼也放假了？我和父親的關係一直不好，主要是我不聽話。我家平時要做一些打草簾做蘆箔的副業，上了初中，我就不肯做了，還捧著一本書裝模作樣，既偷了懶，又耗了「上計畫的洋油」，父親很不滿，我拍著書理直氣壯地說，這可是先生教看的。這很有效，不識字的父親有兩怕：怕幹部，怕先生。

第二天凌晨，父親在堂屋裏對母親說話，沒過多久，父親就和母親吵了起來。父親讓母親來叫醒我，母親不同意，說我昨天晚上看書睡得很晚。父親說，年輕人要睡多少覺？睡得多只會變成懶蟲。母親說，他已經做先生了，還要出豬灰，讓人家笑話。父親聽了這話，竟然吼了起來，笑什麼話，將來文能武不能，更讓人家笑話。父親的哲學是，一個人要文能武也能，而我這樣，只能文不能武的人，將來吃飯都成問題。出於賭氣，我迅速起了床，只吃了一小碗米疙瘩，母親叫我再吃一碗，我賭氣不吃了。父親把一根扁擔遞給我，說，餓不死的。

清晨的村莊還是很安靜的，我晃蕩著糞桶就直奔我家的豬圈。我是很熟悉豬圈的，小時候要把撿來的豬屎往豬圈裏倒，還要把拾來的豬草往豬圈裏倒。上了高中，我就不怎麼到豬圈去了，一是我寄宿，二是我要考大學。足夠的理由使得我遠離了豬圈，沒有想到的是，父親還是把我逼到了臭氣沖天的豬圈來了。

父親打開了豬圈的後門，我在他的指揮下動了兩灰叉，剛才還濃縮在一起的臭氣就湧到我的鼻孔裏、頭髮裏、身體中，早晨那一碗米疙瘩差一點吐出來。父親見我這樣，呵斥道，你可真的變「修」了，人家公社裏的大幹部也能做的，你怎麼就不能做了？

我家的豬圈是在小河的一邊，豬灰可以直接上船。也許是我和父親有了比賽的意味，也許是我怕鄉親們看到我勞動，反正我挖得比父親快，也比父親多，太陽有一竹篙的時候，我們已經把一豬圈的灰出完了。拔船樁的時候，父親問我，怎麼樣？我沒有回答他，看著河水，我熟悉的河水虛幻，我熟悉的手掌火辣辣地疼。

父親還是照顧我的面子的，離了村莊之後他才把手中的竹篙遞給我。我接過竹篙，用力向下按，沒有想到的是，起篙的時候，我竟然沒有力氣把竹篙拔起來，如果不是父親一把扶住我，我肯定要掉河裏去了。父親把竹篙拔出來之後，不想叫我撐了，我堅決沒有讓，父親也就沒有堅持，把竹篙讓給了我。可我再次出了洋相。過去我學的是撐空船，現在是重載船。重載船吃水深，下篙、起篙都是要有技巧的，我用盡了力，船卻前行得很慢。父親像是沒有看見我的窘迫，索性用草帽遮在頭上睡覺了。

船是靠穩了，就剩下兩項農活：挖灰和挑灰。我都不願意做。父親根本就不和我商量，把扁擔給了我，意思是我挑。糞桶的重倒是其次，更讓我為難的是，田埂上全是肆意瘋長的油菜，它們拚命地阻止我前進，頭一桶豬灰挑過去，我簡直就要癱了。回到小河邊，父親說，怎麼這麼久？我撒了一個謊，說肚子疼了。第二桶過去，我還是回來得這麼久。父親又問了一句。我還是說肚子疼。父親的臉色頓時就變了，說，懶牛上場，尿屎直淌，我看你啊，真是懶到底了，這樣吧，我來挑，你來挖。

我就是被父親的這句話激怒的，堅決不同意把糞桶給父親，最後一糞桶的豬灰挑上去之後，父親把手中的灰叉遞過來，叫我平一平。我平完了，把灰叉扔到了麥田深處，麥子長得太高了，一口就把灰叉吞沒了。

回去是父親撐的船，到了家，父親叫我回家，自己還在河邊洗了船，洗了糞桶。他沒有問那把灰叉的下落。當天晚上，勞動了一天的父親連夜回了糧站，而我則是沒有洗腳沒有吃飯就爬上了床，明明是累，可怎麼也睡不著覺，手疼，肩疼，腰疼，腿疼，酸痛令我連翻身都很困難。半夜裏剛睡著了，我就聽見站在我家麥地中的那把灰叉對著我喊，疼！我的眼淚禁不住下來了。這一年，我十九，父親六十六。父親有意這樣做的，本來運豬灰要在六月底，麥子割了，平田栽秧的時候才用得著豬灰。可六月底我還在學校教書。父親肯定是怕逮不著我，就決定請假，利用星期天「修理」我一番。

今年我回家掃墓，父母的墓後不到兩百米，就是我和父親當年出豬灰的地方。現在已是別人家的責任田了，那把扔在麥田深處的灰叉，現在在什麼地方呢？

3

在如此肥胖也如此漫長的夏日裏，不能不提我的南瓜地，我的南瓜。其實在我上了大學後，我再也不願意提到「南瓜」這個詞。我的理由很充分：一輩子吃南瓜的重量是固定的，童年少年時代，幾乎是南瓜當飯，揭開鍋蓋，全是金燦燦的南瓜粥南瓜飯，嘴巴裏全是南瓜的生澀味，吃夠了。

但不挑食，不抱怨，才是貧窮人家的生存哲學，就連我們家飼養的豬也一樣，如果牠對母親送過去的豬食挑嘴的話，那牠就必須承受母親手中鐵質豬食勺的猛揍。投胎於此，挑食不可能，抱怨無效，我將生澀的南瓜汁液狠狠地嚥了下去。貧窮之胃會永遠銘記這樣的迫害。但迫害的疼痛，隨著時間的推移會被逐漸遺忘。從這個意義上說，此類遺忘和對於南瓜恩情的遺忘本質上沒任何區別。

但追究到底，這不是我應該遺忘南瓜的理由。

我把我和南瓜的緣分統統梳理了一遍，反覆出現的是在那個曙光初現露水滿地的清晨，風流一輩子的父親要教我給南瓜「套花」——將雄花外面的花瓣撕掉，把僅留下的花蕊，帶著花蒂套進雌花中。當時我剛十二歲，父親沒有講套花的道理，但我突然就明白了其中性教育的意思。父親似乎沒看到我的臉紅，繼續讓我跟著他學套花，但我的臉在發燙，身體在悸動。

——「發燙」和「悸動」，是屬於少年的隱祕之事。

我決定把這隱祕的南瓜留在這漫長的夏日裏，如果它能順利地胖起來，就讓它無休無止地肥胖下去吧。

4

肥胖的夏日是不愛運動的，就像肥胖的父親，他一運動就氣喘吁吁。後來雨季就來了。

雨是父親愛出的虛汗嗎？

那麼大的汗珠，不，那麼大的雨點。

都是比蠶豆還大的雨點。

對，是蠶豆，而不是黃豆。不是比黃豆大的雨點，而是比蠶豆還大的雨點。啪嗒啪嗒，冷不丁地，就往下落，從來不跟你商量，即使縣廣播站裏的那個女播音員說了多少次「三千米上空」也沒用。想想也夠了不起，如果那比蠶豆大的雨點是從「三千米上空」落下來的，那當初在天上的時候該有多大？比碗大？比洗臉盆大？還是比我們的圓澡桶還要大？

「百帕」實在太神祕了，幾乎是深不可測，究竟是什麼意思？去問剛剛畢業回村的高中畢業生，這些穿白的確涼襯衫的秀才們支支吾吾的，也說不清楚。但那神祕的「百帕」肯定與天空有關。而能把「百帕」的消息帶回到我們身邊的，只有那比蠶豆大的雨點。

啪嗒啪嗒。啪嗒啪嗒。雨下得急，正在「發棵」的水稻們長得也急，還有那些樹，大葉子的樹，小葉子的樹。比蠶豆還大的雨點砸在它們的頭上。它們一點也不慌張，身子一晃。比蠶豆大的雨點就彈到地上去了。地上的水，流成了小溝；而原來的小溝，變成了小運河；原來的小河成了湖——它把原來的可以淘米可以杵衣的木碼頭吃下去了。

比蠶豆大的雨點就這樣，落在水面上，砸出了一個個比雨點還大的水泡。那水泡還會遊走，像充了氣的玻璃船，跟著流水的方向向前走，有的水泡會走得很遠，如果它不碰到浮在水面上的幾根麥秸稈的話。

母親很生氣：天漏了，一定是天漏了。

那些無法乾的衣服，那些潮溼的燒草，那些無法割來的蔬菜，都令母親心煩意亂。

我們估計是誰與那個「百帕」生氣了，但我們不敢說。直到我去縣城上高中，問起了物理老師，這才明白什麼是「百帕」，「帕」是大氣壓強單位。播音員說的是低空氣壓和高空氣壓。一般近地面的氣壓大約是一〇一〇百帕，高空通常為四百百帕高度。

但母親生氣的時間常常不會太長，她為了這個小暑的「雨季」早儲備了足夠的醃製雨菜。所謂雨菜，是指菜籽收穫後，掉在地上的菜籽萌發的嫩油菜。母親把落在田埂上和打穀場上的它們連根拔起，然後洗淨醃好貯藏起來。

有雨菜還不夠，母親抓起一把今年剛曬乾的蠶豆，蠶豆還青著，但很堅硬。母親把菜刀反過來，刀刃朝上，夾在兩隻腳之間。將乾蠶豆放在刀刃上，然後舉起桑木做的杵衣棒，狠狠砸下──蠶豆來不及躲閃，已被母親劈成了兩瓣。隨後，母親再剝去蠶豆衣。竹籮裏的蠶豆瓣如黃玉，光滑，溫潤。

外面，那比蠶豆大的雨點還在下，比雨點還大的水泡瞬間產生瞬間破滅。但已和我們無關了。母親做的醃雨菜蠶豆瓣湯已盛上了桌。那些黃玉般的蠶豆瓣在雨菜的包圍中碎裂開來，像蕩漾在碗中的一朵朵奇蹟之花。這雨菜蠶豆瓣湯，極鹹鮮，極糯，極下飯。

夏日年年會來，雨季也年年會來，比蠶豆大的雨點也會落到我的頭上，但親愛的母親，已離開。我的母親啊，我不吃這雨菜蠶豆瓣湯已有十三年啦！

5

當晝暑氣盛，鳥雀靜不飛。

最肥胖的夏日裏，鳥雀都不飛，胖子怎麼可能再運動，就像我同樣肥胖的父親。他要靜養，我要反對，我反對如此肥胖又如此漫長的夏日！

沒有一絲風。下午有幾絲西南風，還沒到晚上，停了。

粗暴的大暑天，連涼席都是滾燙滾燙的。但父親不准我去下河：實在熱的話，團到澡桶裏，用水泡泡，也一樣。

父親是我們家的獨裁者。他只說一句話，就是命令，就是指示，就是真理。但我的內心如蟬一般鳴叫。你說一樣?!怎麼可能一樣?!

我的犟脾氣上來了：絕食。

父親開出了條件：如果每天打好兩條蘆箔，就下河去，但不准摘人家的瓜，也不准掏螃蟹，摸點河蚌就好了。

兩條蘆箔！每條蘆箔得用蘆柴一根一根地編起來，編至十市尺長。每條蘆箔可去磚窯上換磚頭，也可賣上七毛錢。而十市尺長的蘆箔要編多少根蘆柴？我沒計算過。我計算的是編蘆箔的草繩。每條蘆箔需要的草繩是十庹長。當時我還不認識這個「庹」字，只知道tuǒ這個音。母親比劃過，「一tuǒ長」就是大人手臂完全張開，從左手指尖到右手指尖的距離。父親下達的任務，就是讓我每天晚上搓上二十庹長的草繩，然後在木墜上繞好，將數不清的蘆柴編至十市尺長。接著，再重複一次。

為了把每天下午空出來，我將晚上的時間定為搓繩的時間。為了防蚊，母親燃起收割下來的苦艾。稻草在我的手心飛快地變成了草繩，又在我的屁股後面團成了蛇環的圈。手心滾燙，放在水盆裏浸潤一下，再搓。夜晚的知了依舊不知疲倦地喊叫，但我聽不見了。

如果明天下午，我跳進清涼的河水裏，那蕩漾出來的漣漪，會比地球還大嗎？

那是我一生中最為漫長的夏日，也是我咬牙堅持的夏日。一個人獨立完成兩條蘆箔，太難了！但我還是完成了。那個如此肥胖又如此漫長的夏日裏，我每天睡五個小時左右，搓繩至深夜，我的屁股後才有二十庹長的草繩。天剛蒙蒙亮，我得去繞繩，再編蘆箔。我的手飛快地翻著木墜子，像無比熟練的紡織工人。紡織這十庹長的絕望夏日。紡織這二十庹長的絕望夏日。紡織這無盡頭的絕望夏日。紡織完畢，我會撲通一聲跳到水中，狗爬式般的自由泳、仰泳，直至泡到黃昏。我帶著堆滿河蚌的澡桶回家。

從那以後，我家每天午飯的菜，不是鹹魚河蚌，就是韭菜河蚌湯。前者下飯，後者更是能飽肚。看著父親滿意的表情，看著全家人的筷子伸向那盛滿了河蚌的碗，我自豪無比。

有一天中午，父親忽然停止了咀嚼，從嘴裏慢慢吐出了兩顆「魚眼睛」。父親看了又看，說：「哎，珍珠！」

「煮熟了，可惜了。」父親又說。

正準備慶功的我呆住了。那年月，人工養殖珍珠還沒開始。傳說慈禧太后每天都服用珍珠粉。還有，珍珠都是河蚌吃到樹枝上的露水而形成的。難得一見，非常寶貴。而我還沒有見到那銀光閃閃的它，它就成了被父親的肥碩舌頭和渾濁口水攪拌過的「魚眼睛」了。再之前，它肯定在鐵鍋中哀求過，哭泣過，但我為什麼沒聽見呢？為什麼在剖河蚌的時候沒有發現？為什麼？

那天中午，我捏著那兩只煮熟了已成了「魚眼睛」樣的珍珠哭泣，妄圖在我的眼睛裏哭出兩顆珍珠。知了依舊在拚命地喊叫，聽不出牠們是沒心沒肺，還是幸災樂禍。我手中煮熟了的珍珠，已是兩個傷心的句號。這是比二十庹長還要漫長的絕望夏天的兩個傷心句號啊。

6

肥胖的夏日還在繼續。

我已離開河水多年。但到了深夜，我總是聽見水在自來水管中低沉地嗚咽。它肯定在懷念童年的四季，城市之外的萬物，還有我的破碎的夏日時光。被加工過的水在自來水管中奔突著，彷佛一顆隱忍的心——誰能夠償還我？償還那個在河面上拚命叫喊的少年？

我和父親說的話不是太多。他總是跟我說起民國二十年（一九三一年）上的大水，從天而降的大水淹沒了我們的村子，父親用一只小木桶把我的爺爺救起。

一九九一年，我決定離開我的學校去新疆石河子市（到現在我也沒去過石河子市。當時因為我的詩歌常常發表在那個城市的一個刊物《綠風》，我幾乎固執地要遠離家鄉去石河子）。我討厭身邊熟悉的生活。可肥胖的父親卻中風在床。夏日的雨無窮無盡。洪水從四面八方湧過來，圍困住我的村莊。鄉親們夜以繼日地築堤抗洪，我什麼也不會，如一隻困獸般坐在父親的身邊讀湯姆斯·伍爾夫的《天使，望故鄉》。這本書是我第一次去北京時買的。我記得那個書店在天安門前西長安街上，叫三味書屋。而這本書的翻譯者叫喬志高。

毀滅人類的種子將在沙漠裏開花，救藥人類的仙草長在山野的岩石邊；佐治亞州一個邋遢女人糾纏了我們一生，只是因為當初倫敦一名小偷沒有被處死。我們的每一時刻皆是四萬年的結晶。日日夜夜、分秒必計，就像嗡嗡的蒼蠅自生自滅。每個時刻是整個歷史上的一扇窗戶。

《天使，望故鄉》是湯姆斯．伍爾夫的自傳體小說，他是他父親最小的兒子。我也是父親最小的兒子。我從未有過讀一本書時全身顫慄的情景，但讀這本書的時候我全身顫慄。言語不清的父親以為我在打擺子。我不理睬他的關心，繼續在昏暗的燈下讀。

生命蛻去了重重雨雪的覆蓋，大地湧出它從不枯竭的那股活力。人們的心頭流淌過無盡的渴望、無聲的允諾、說不清的欲望。嗓子有些哽咽，眼睛也被什麼迷住了，大地上隱隱傳來雄壯的號角聲。

尤金。我就是《天使，望故鄉》的尤金。那年我二十四歲，這本書徹底地改變了我。

洪水漫過了河堤。抗洪物資按照人口均勻分配到每一家。就在那一年，父親和我都是第一次吃到了火腿腸（泰國）、方便麵（臺灣）、凍雞（印度尼西亞）。對於肉食，中風的父親依舊吃得很歡。貧困中長大的父親把肉食當成他的菩薩。

再後來的夏天就是第二年（一九九二年）的大旱，父親從病危中再次挺過來。

他曾經失落，但是世間所有人生歷程無不是失落，瞬間的依戀、片刻的分離、無數幽靈幻影的閃現、高天上激情飽滿的群星的憂傷——這一切無不是失落。

一九九四年的夏日無比酷熱，肥胖的特徵從父親身上慢慢消失。我得一次一次為父親洗澡。那一年為他洗澡的時候不再困難，他也習慣了我的用力方式，我也習慣了我所熟悉的生活，我以為漫長的夏日就這樣每年如此冗長了，永遠讀不到最後一頁，石匠甘德的小兒子，悄悄寫詩的尤金。我拚命地抄寫《天使，望故鄉》中的句子。我為什麼就不能寫出這樣的句子呢？令我顫慄的，另一個我寫成的文字。

我們之中有誰真正知道他的弟兄？有誰探索過他父親的內心？有誰不是一輩子被關閉在監獄裏？有誰不永遠是個異鄉人，永遠孤獨？啊！失落的荒廢，失落在悶熱的迷宮裏，失落在星星的光輝中，在這惱人的、灰暗的煤屑地上！啞口無言地記起來，我們去追求偉大的、忘掉的語言，一條不見了的通上天堂的巷尾——一塊石頭，一片樹葉，一扇找不到的門。何處啊？何時？哎，失落的，被風憑弔的，魂兮歸來！

7

魂兮已經失去，魂兮能否歸來？熬過了一九九四年的酷熱夏日，在九月的一天晚上父親去世了。理髮師給我剪孝髮時，我淚如雨下。我在六年之後，開始寫我的父親。寫完那篇〈半個父親在疼〉的深夜，我捧著文稿，任由淚水滾過我已發胖的身軀。窗外的晚飯花已經結籽。夜風吹過，那些黑色的籽在我那狹小的庭院裏，叮叮當當地滾動。

現在，我不和父親一起度過肥胖夏日的年頭有三十三年了，父親離開我快二十四年了。而我也開始肥胖，必須獨自度過這漫長的沒有天使的夏日。

稻捆與稻捆

秋收的日子總是很忙，寒露到了，秋收也到了總決戰的時候。

總決戰的標誌是父親磨刀，他俯身在磨刀磚上磨鐮刀。

磨刀磚是塊砌城牆的磚——是父親去縣城護城河裏罱泥罱到的。父親一邊磨，一邊往鐮刀的刃口灑了幾滴水。不一會，磨出的泥漿慢慢爬到了置放磨刀磚的凳子上。

磨刀的父親非常專注，有隻蒼蠅盯在他的後脖子上，他也沒空理睬，每磨一會兒，他就用大拇指試著鐮刀的刃口。父親的手上也黏了泥漿。

砌城牆的磚頭質量太好了，磨了好多年了，城牆磚僅僅磨出了一道好看的凹面。

一把，兩把，三把，父親會一口氣磨好三把鐮刀。這三把鐮刀並不代表明天有三個人割稻，其中有一把是父親的備用鐮刀。

磨好了鐮刀，父親囑咐全家早點睡。父親的口頭禪是：沒錢打肉吃，睡覺養精神。多睡點，就有力氣幹活了。

睡覺之前，我又看了擱在院子裏的鐮刀，鐮刀很亮，更亮的是頭頂上的月亮。秋天越深，月亮越白，天庭上的月亮比大隊部的汽油燈還亮。

我也不知道自己是什麼時候睡著的，但醒來的時候，月亮還在西天上，還是很亮。我懷疑父親都沒有睡覺。我再看母親，母親煮了兩大鍋飯，一鍋飯早上吃，一鍋飯帶到田裏，充當午飯和晚飯。

早上吃飯是很少見的，我吃得太快，竟然噎住了。父親有經驗，用筷子猛然抽打我的頭。我丟下碗筷，雙手護頭，竟好了。

吃了早飯就上船去田裏割稻，離開村莊的時候，整個村莊還沒醒來，有雄雞在長啼，但我們已快到我們家稻田了。

月亮是在我們上了岸不見的。天暗了下來，但東邊已有了魚肚白。田埂上全是露水，冰涼冰涼的，打了幾個冷顫，上牙磕打著下巴，由於肚子裏飽飯，一點也不冷。

父親的鐮刀到處，待在稻田裏的螞蚱們到處亂跳，有的撞到了父親的臉上，有的還逃到了我的嘴巴裏。父親顧不上牠們，我也顧不上牠們。父親母親割稻，我要負責撿他們割漏下的稻呢。

東邊的天色漸漸亮了起來，我們家的稻田已割掉了一小部分。隔不遠處，也有人家來割稻了。

整天田野裏，彌漫著好聞的青草味——這是稻根被割後的味道，是天下最好聞的味道。

捆稻腰的是父親割的稗子棵，一分為二，兩頭打個結。那些稗子長得很高，也很有韌勁。父親用鐮刀摟起一群稻子，像哄孩子那樣，把它們聚攏在一起，然後用稗子腰將稻子們快速紮起。

多少年過去了，我還記得父親捆稻的樣子，還有父親挑稻捆上船的樣子，先用木杈的金屬杈叉住兩捆稻，接著就用柄一頭插到前面的一捆稻的腰中，一次三捆，虎虎生風地向我們家船上走去。

稻捆一捆又一捆地上了船，船的吃水線一再下埋。

在我們家木船的吃水線快要到極限時，一天的總決戰結束了。

此時，一天早過去了，月亮又升起來了。因為稻捆堆得很高，母親在船頭導航，父親使用一根長長的竹篙。

咚。嘩啦。咚。嘩啦。

「咚」是竹篙下水的聲音。「嘩啦」是竹篙出水的聲音。

河水已很涼了，月光也很涼，我的光腳丫更涼。我決定把腳伸到稻捆中間。

——那稻捆裏，竟然很暖和很暖和。

沒有頭顱的向日葵

秋天深了。

想像中的豐收，一天天變成了現實。

比如那一朵朵摘下來，又晾到了我打的蘆箔上的棉花，新鮮的白，燦爛的白，耀眼的白。曬了一上午，母親會俯身將它們全翻個身。那棉花一定很柔軟，很舒服，我剛想上去……被母親嚴厲地呵斥道：看看你的鬼爪子，把我的棉花弄髒。

我把手往身上擦了擦，展開來，看了看，又趕緊藏起了我的手，生怕棉花們看到我難看的指甲，看到被我咬成了鋸齒形的指甲，看到指甲縫裏那些黑乎乎的東西……

好在田野裏可做的事情太多了。芝麻要割，黃豆要拔，花生也要拔了。父親教給我的農活技巧我是記得清清楚楚的。割芝麻的時候得小心翼翼，拔黃豆的時候可以大大咧咧。到了拔花生的時候又必須用巧勁。

母親不信任我，父親同樣也不信任我，黃豆我是拔不動的（父親說：還不如讓黃豆來拔你）。割芝麻是不會讓我割的，弄不好芝麻會「炸」得一粒不剩。我是可以拔花生的。父親同樣拒絕了我，他生怕藏在地下的花生就會變得七零八落，那樣花生的產量會少許多。其實，我們家的花生地和其他人家的花生地是不一樣的，父親用積攢了一個冬天的草木灰，讓本來是黏土質的花生地變成了沙地。拔花生是非常容易的事，而且，拔花生是多麼讓人欣喜的事，輕輕抓住花生葉子，慢慢搖晃，再往上一扯，很多藏在土裏的花生娃娃就叮叮當當地拔出來了。

父親只讓我做一件事，那就是給鄰居分享「水花生」。這裏所說的「水花生」不是植物，而是收穫的時候沒有完全成熟的那些花生們。母親將它們淘洗乾淨，放在大鐵鍋中，煮得噴香噴香的——在灶後燒火的我，一邊往灶膛裏塞稻草，一邊嚥著口水。自家新鮮的水花生，可以敞開肚皮吃。

水花生很快就熟了。但父親讓母親用一只碗盛著煮好的水花生送鄰居。而送水花生的任務是在我的身上。很不情願的我必須在父親嚴厲的目光中，將本來屬於我的水花生送給一家又一家鄰居。鐵鍋裏的水花生快速地少了下去，直到鍋底的時候，母親才停止讓我分送水花生的行為。

快要淌痲油了！母親笑著說，又不是沒有，鍋裏不是還有嗎？

鍋裏是還有，可全是小的，癟的，吃不上嘴的。我跑出了家門，再次走到田野上，田野上有許多向日葵稈，那些向日葵稈上的葵匾被一一砍掉了，光禿禿的，很是怪異，但它們依舊筆直地站著，它們的葉子在秋風中翻卷著，似乎不知道那葵匾已被割去了。

那天我還是主動回到家。桌上除了水花生，還多了一碗剛剛煮熟的菱角——這是鄰居家剛剛送過來的。我不敢和父親對視，剛才的委屈似乎錯了，而且錯得很厲害。

一九九四年的秋天，中風多年的父親去世了。正是秋分後的第三天。所以每到秋分時節，我會想到白棉花，想到委屈的水花生，想到鄰居家的菱角，想到那黃昏裏那被砍去了頭顱的一棵棵葵稈，它們依舊站得很直……

我的悲傷成了一陣陣秋風，吹過去，也就吹過去了。

窮人家的小酒

很多時候，我對於回憶那個四面環水的老家童年是有抵觸情緒的。貧窮、饑餓、爭吵，甚至打架，幾乎貫穿了平凡的每一天，除了正月初一的白天（也是為了圖整個一年的吉利和順遂），很多人家的爭吵和打架，是等不到正月初二的，有的是雞毛蒜皮，更多的則是因為過年了，辛苦了一年的男人們有了某種特許和縱容，就貪喝了幾杯酒，翹了尾巴，露了馬腳。於是，男人鬧醉，女人怒罵，成了隨時隨地上演的「小戲」。

過年時窮人家的酒還是有點下酒菜的，但是平時的時候，下酒菜沒有多少的，夏天的下酒菜多是加了蒜瓣的炒蠶豆，如果有小魚，當然更好。到了冬天，下酒菜僅僅剩下了蘿蔔乾，也有人用黃豆換了豆腐百頁下酒，更窘迫的人家，下酒菜就是老鹹菜了。

好在真正的酒徒不在於下酒菜，而在於酒。老家不產山芋酒，大多是大麥酒、稗子酒，口感最好的是大麥和碎米共同釀造的酒，大約四十多度，可能是釀造技術的問題，這些酒都有點「上頭」。

酒一「上頭」，就有故事了。像我父親喝醉了酒，他悶頭睡覺。我二哥喝醉了酒，只是嘿嘿的笑，彷彿吃了笑笑果。但我的龐家伯伯叔叔哥哥們則是另外的表情了。

比如一個叫年齡比我大很多，輩分比我小一輩的連保，他喝醉了酒就會脫光衣服，在村莊奔跑（我的小說〈追逐〉裡寫過這個場景）。下雨的時候，他也是這樣光著身子奔跑，還指著天上的雨罵道：

「血條子！又下血條子了哇！」

但一旦到了酒醒的時候，連保卻是一個特別好的牛把式。還特別講禮，見到幼小的我，依舊恭敬地叫我「三叔」。說到他醉酒的事，他會臉紅。連保之所以如此脫衣奔跑，其實是他在大麥酒中泡了「醉仙桃」果，「醉仙桃」的學名叫曼陀羅，又名顛茄，是有毒性的。連保之所以喝，是他有關節病。而關節疼，還是我們的村莊水氣太重了，醉酒男人的「戲」裡是窮人家的苦澀。如果說連保的醉酒是獨角戲，那麼余富的醉酒就是「二人轉」了。余富和我平輩，我叫他哥哥。他比連保多一個本領，那就是識字。他曾在我的作業本封面上看到了我的名字，立即指責我寫錯了祖宗給的姓氏。

「不是廣龍，而是廠龍！」

其實余富是對的。但是因為他太多醉酒的失態，我已失去了對他的話的信任。他只要喝酒，必定喝醉。喝醉了之後，一定追打他的老婆，也就是我的堂嫂愛娣子。余富的拳頭是貨真價實的，所以，酒多了的余富捋起袖子，嘴巴裡開始罵罵咧咧的時候，就有人去通知愛娣子，余富又喝多了，必須立即藏起來。如果不藏的話，如果藏了被找到的話，那麼愛娣子必然會被他揍得鼻青眼腫的。

醉酒的余富在一家一家尋找愛娣子的時候，就是一場大戲的開始。余富的身邊跟著一群看熱鬧的小孩，每家門口守著一個不讓余富進門尋找愛娣子的女人。余富罵罵咧咧，但尋找幾家後，余富就失去了尋找的毅力，開始誣衊愛娣子「偷男人」了。大聲說，說得非常粗俗，非常難聽，往往在這個時候，愛娣子就出現了，和醉酒的余富對罵。

於是，一場公開的家暴開始了。當然，也僅僅是開始，那些袒護愛娣子的女人們會用各種手段中止這樣的家暴。有人說余富醉酒是假，想打老婆是真。因為他從未打過那些勸架的女人。

余富哥哥和愛娣子一共生了六個子女，其中兩個腿部有殘疾。我們村莊的赤腳醫生張先生說：「看看，這就是喝酒的壞處！喝酒傷害精子！」

張先生的科學並不能驚醒喜歡醉酒的人，因為村裡的人不知道什麼是「精子」。其實「精子」就是他們嘴中常常說的「騷屣」。村裡的女人們，最討厭男人們喝酒了，她們對於酒從來沒有尊敬的意思，無論心情好與不好，都統統把男人們喝的酒稱之為「喝騷屣」。

余富的故事就是這樣了。但我一直記得他糾正我的話。寫這篇文字的時候，我在輸入法中尋找了一下姓氏的「厐」，果然是有的。印刷體中的「龐」字，是片語中的「龐」。而我們姓氏的「厐」，是酒徒余富說的「厐」。完全不同的字，但這麼多年錯誤下來了，也無法糾正了。

還有一件可以補充的酒事，就是我為了考證當年窮人家的酒是什麼類型，我特地打電話給還在老家的二哥。結婚很早的二哥今年七十一歲了，已有了七歲大的重孫，依舊整天笑呵呵的。他說余富早去世了。去年，他的弟弟余如的兒子，也就是余富的侄子，又出了一件令龐氏家族丟臉的事。

我沒見過龐余如，當然也沒見過余如的兒子。二哥告訴我，當年因為窮，他們一家後來去了安徽安慶農場謀生，再後來在本世紀初遷回了老家，沒有發財，借了人家的空房住著，他很勤勞，也很老實，就是喝起酒來不是個人。去年秋天，這個余如的兒子，也就是我的侄兒輩的人，五十多歲的男人，硬是把跟著他吃了一輩子的老婆打跑了。

「他天天跑到村委要老婆。」二哥說：「誰知道他老婆跑到哪裡去了呢？不是絕望到底，是不可能一年都沒資訊的。」

我可以想想余如的兒子在村委要老婆的樣子，因為扶貧的故事中是會見到這樣的人的，窮人家小酒，到了幾十年後，在那個四面環水的村莊裡，酒還在喝著，依舊在醉，依舊還是上演著多年前的故事，也正這樣，我寫下了這首〈就像你不認識的王二……〉：

就像你不認識的王二，三杯山芋酒就酩酊大醉
嘔吐，並且摔破了嘴唇。

就像你所認識的王二，三杯山芋酒就酩酊大醉
躺在牆角呼呼大睡。

就像你的父親王二，三杯山芋酒就酩酊大醉
一邊咒罵兒女，一邊咒罵自己。

就像你的兒子王二，三杯山芋酒就酩酊大醉
你給了他一個嘴巴，他仍嘿嘿地傻笑。

就像你自己，三杯山芋酒，一邊喝著一邊哭泣著
生活啊，我並不想哭，是那個王二喝醉了酒。

這首詩寫了快二十五年了，一直想把「山芋酒」改過來。現在再讀，覺得「山芋酒」還是不要改，大麥酒也好，山芋酒也罷，全是窮人家的小酒。

第二輯

報母親大人書

我記得那輪廓。
春天，草木葳蕤，什麼也看不清晰。
秋天到了，那輪廓就會呈現在大地的中央。
在這輪廓的最深最深處，埋著我那苦命的母親。
我長有一副酷似母親的面孔。
是我帶著我的母親活在這個有輪廓的人間。

穰草扣

我的舌頭是火苗，我的嘴唇是黑色的稻灰
我用力搓著眾生的穰草堆
事實就是穰草繩捆住了穰草

我的出生是尷尬的，不僅是那年血色洶湧的春天，而是母親的年齡已經四十四歲，我像一根穰草一樣被堆進了穰草堆中。在以後我的歌唱中，我始終有一種卑微的姿態，像一根穰草一樣必須柔軟、碎裂，草屑的宿命遍布了我的一生，從我的髮棵裏，從我的語言中，我撣不乾淨也不可能撣乾淨的穰草堆的味道。

新草的芳香早已在冬天光脊梁的碾軋下發出了陣陣霉味，當然還有跳蚤，這穰草堆中的另一群居民，牠們的牙齒比我們的黃板牙更加雪白。我在昏黃的油燈（破茶缸和玻璃藥瓶做成的油燈）下用力搓著穰草繩，雙手搓得通紅，疼，往手心唾一口再搓，穰草繩越搓越長，像冬日的蛇一樣在我的多補丁的褲子下面緩慢地盤起來——我似乎要用穰草繩丈量我的童年，不為眾人注意、默默看著土坯牆上的螺螄殼並一一摳下來的童年。

我從來沒有見過母親的少婦形象，從我小時候起，母親就老了，並且不斷地衰老下去。我努力地想著母親少女時代、少婦時代的樣子，但是徒勞的，母親說她十五個月外公就死了，母親說她先後生過十個孩子，母親說得很自然，母親咬著頭上長長的髮辮為自己接生……

我一顆敏感的心卻一次次被一根穰草繩抽打，傷口上盡是穰草屑。母親留用上好的穰草（那是早稻用手摔打脫粒後得來的）等待修補草屋頂。母親用韌性很好的穰草繞成一圈圈，然後用黃泥糊起來，糊成一只又一只泥甕子——泥甕子的嘴似乎永遠像我們的嘴張著，我從不喊餓，也不喊痛——父親打我時我從不喊痛，就像被扭得滿臉疼痛的穰草們；還有一些亂成一團的穰草，被母親捆回家（用穰草自己捆紮自己）堆在灶後面，等待化為灰燼……這就是穰草們的命運！

我常坐在灶後將一團又一團穰草塞進黑乎乎的灶膛，火星陰鬱著，久久不肯說話，煙卻不懷好意地跑出來，我湊近爐膛使勁地吹，我似乎要把我肚子裏的熱氣都吹盡了，火才冷不防地喊起來，把我的耳朵震得生疼，我可憐的頭髮只剩下了一層焦灰。

從十四歲起一直到現在，我一直在異鄉，像一根飛在空中總不肯停下來的穰草。我彷彿一下記起穰草人似的空心歲月裏的那些麻雀，像雨點一樣的麻雀，記起我的老牛們，牠們冬天的寒胃，牠們一口又一口把穰草們反芻。穰草一樣的疼痛反芻，我卻記不起是什麼滋味了。母親把穰草碎成草糠，可豬不吃，母親加了一勺鹽，豬也不吃。母親用壞了一角的鐵豬勺狠狠地砸向豬的背脊。豬狠命地叫了一聲，我不知道牠在叫什麼，牠是不是懷念我用草網包一網一網從生產隊田裏偷拾來的豬草？

窮人家的苦楚，多子女的無奈，一輩對一輩的疑問，大家庭的齟齬……我在榆樹枝搭成的床上躺著，收縮著肚皮，我居然把肚皮收縮到後背上，我是一根空心的穰草！

春節回家，母親比我夢想中的更要蒼老，她的心臟總是被無緣無故的信息所驚嚇，然後就狂跳不止……我不知道她擔心什麼。我看到她的手指不停地顫抖，顫抖！那是一個下雨的下午，我打著傘，扶著母親在磚巷上一步一步地走著，母親在嘮叨著，我一句也聽不進去，我握傘的手也在顫抖，我想控制也控制不了，記得母親說過那時要有人要，也就把我送了……那麼也有可能像一捆穰草一樣，我在另一個陌生的人家搓著越來越長的穰草繩？

這說也說不清楚的穰草們不知去了何方……我帶著洗不淨的穰草味道寫作。我上高中的時候，母親總是把五張或六張卷了角近乎爛穰草的紙幣（沒有五角，全是灰色的一角或乾枯綠色的兩角，每次一元），從老家班船上捎給在縣城北郊上高中的我，上面有一根穰草扣著，我總是想扭斷這穰草扣把這一元錢取出來，可母親選的那根穰草十分結實，有點像母親的一根枯黃的長髮。每天清晨，母親總是打開那只鏽跡斑斑的鐵皮梳妝盒，用斷了齒的木梳一遍又一遍梳著，枯黃的頭髮一根根落著，我看見母親用力地（她為什麼梳得這麼吃力？）將越來越少的長髮盤成了一個老年婦女的那種低鬏……

母親繞鬆和繫穰草扣的手法是一樣的，我解不開，總是用力一拽，穰草扣就斷了下來，露出了兩片欲言又止的穰草的嘴唇。

母親的香草

我想先說一說母親的化妝品。從我記事時起，能幸運出現在母親那只鐵皮化妝盒裏的，只有一樣，叫蛤蜊油。蛤蜊油在老家人的口中又叫「歪歪油」。比蛤蜊油高級一點的是雪花膏，可以用瓶子去供銷社代銷點「戥」的雪花膏。比雪花膏更高級的是百雀羚。而雪花膏和百雀羚，與母親沒有關係。

蛤蜊油可是母親冬天才用的化妝品。那是防止手腳皸裂的護膚品。在冬天之外，母親最喜歡的就是梔子花和「穿英」了。梔子花開的時候，母親的身上總洋溢著梔子花的芳香。開始我家沒有梔子，梔子是母親用換工的形式向人家討來的，完全開花的不多，母親就把花苞放在水碗裏養著。真是奇怪，在清水裏，僅僅一夜，梔子花苞就開放了。後來我家也有了梔子，是母親跟人家討來的一根枝條。

梔子花的插栽成活率不高。母親費了心思，先把梔子枝條插在秧田裏養出根鬚，再移植到庭院裏，一下就成活了。第二年就打苞開花了。母親從來不允許姊姊們用手摘，而是小心地剪。她是怕梔子疼。

在梔子的花季之外呢，母親最鍾愛的就是「穿英」（老家人的叫法）了。幾乎每家都有一盆這樣的女人專用的植物。葉子有點像藥芹，味道也有點像，但肯定不是藥芹。長法也比藥芹嬌嫩，它的肥料必須是頭髮。有的人家剛剛移植的時候，沒有更多的頭髮，就得去跟那個駝背的理髮師要一些。而母親不用要，她每天都梳頭，她把長髮盤起來，在腦後面窩出一個「鬏」來。那「鬏」再用網鬏網起來。母親梳妝完成之後，她總是小心地把落髮收集起來，然後再圍在「穿英」的根部，彷彿是給奶孩子圍圍脖似的。給「穿英」「餵」好頭髮之後，母親會在翠綠而蓬勃的「穿英」中選擇一枝，然後掐下來，用手用力一拍，再插到「鬏」後面，「穿英」那奇特而清新的芳香就出來了，母親很是享受這樣的過程，每當完成了這些程序，母親的表情很是幸福，彷彿有一縷祥雲正縈繞在母親的頭上。

離開家鄉三年後，母親去世。那盆栽在破臉盆裏的「穿英」也就萎掉了。那時的老家，很多人家已不養「穿英」了。我很想寫寫這個植物。寫一寫母親在天井裏拍「穿英」葉子的聲音。可我不知道「穿英」的寫法。又過了十年，我還是不知道「穿英」的寫法，是什麼樣的植物。期間，我還問過許多老家的文友，有人直接說不知道，有人說從來不知道有這種植物。我開始不相信，為什麼他們不知道這樣常見的植物呢？要知道，大多數船民家的棚頂上的幾盆植物中，除了萬年青，除了女兒蔥，一定有用頭髮養育的「穿英」。後來我想通了，我母親的年齡比文友們的年齡大得多，母親生我的時候已四十四歲了。「穿英」應該是屬於一個化妝品無法也不能流行的時代。那是貧窮女兒所珍愛的「化妝品」。

母親不識字，她總是希望我好好讀書。而我很是慚愧，竟然不能說出「穿英」的名字。後來有一次，「蘼蕪」在一個秋天和我迎頭相撞。一次去植物園的機會，我竟然看到了母親的香草——學名叫「蘼蕪」。

「蘼蕪」原來是一種自古代就有名的香草和中藥。它是婦女專用的香囊的填充物，也是治女性偏頭疼的中藥。古樂府寫過它。唐詩中寫過它。宋詞中寫過它。《本草綱目》寫過它。《紅樓夢》的第十七回，「蘼蕪」還出現在大觀園中過。可它，竟然是母親的香草。它又叫「蘄茝」「江蘺」「川芎」。「穿英」，應該是「川芎」的串音。我還是喜歡把它叫做「穿英」。「穿英」，多麼像一個穿著補丁衣服紮著一條粗辮子清清爽爽的窮人家的好女兒。

那天，從植物園回來，我在筆記本上抄寫下了兩句奇怪的詩：

蘼蕪亦是王孫草，年深歲改人不識。

有關母親的小事物

柳編線籮

那是跟隨母親出嫁的柳編線籮。一瞬間就是老線籮了。每年夏天，母親會替它刷上一遍桐油。上面有歪斜的毛筆字——「顧細銀」，母親的名字。字跡也已漸漸地隱沒，看不清楚。那還是我七歲時「號下」的，筆畫粗鄙。記得那天我寫完後，五十歲的母親，看著自己的名字，眼睛發亮，陌生得彷彿我沒見過的她少婦時的模樣。柳編線籮裏的碎布褪色的褪色，回憶的回憶，而老線板的一頭纏繞著白線，一頭還纏繞著黑線。線上插著的幾根針都已經鏽了。塑料鞋底沒有流行的時候，它們總是那麼雪亮，又那麼溫熱。童年唯一的一本舊《毛澤東選集》還在，它的腹中夾著一大沓報紙剪成的鞋樣。報紙上的文字零亂，發黃的針眼零落。所有的腳印都從那座村莊消失了。

石臼

不知道多少歲的老石臼裏，全是父親愛吃的糯米……我使勁地跳到臼柄上，像一個猛土。可臼柄紋絲不動，就像是在嘲笑我在家裏拍著胸脯吹的牛。我再次摩拳擦掌，吸氣，肚皮貼到背脊上。可還沒有跳上去，草繩的褲帶就這樣鬆了下來——沒有穿褲頭的我多麼窘迫，在臼口那邊餵米的母親哈哈大笑。只是一瞬，被父親昨晚打腫的嘴巴，又使她停住。她用袖管擦掉淚水。母親說：「鼻涕虎，你什麼時候才能幫上我的忙？」木製的臼柄升起，木製的臼柄落下，它的那顆「大牙齒」上，黏的都是臼好的米粉。用力踏著臼柄的母親敞開了衣服，衰老的乳房像老絲瓜一樣搖盪，絕望的我看見她的髮上布滿了白色的米灰。趁著母親去餵臼口的一瞬，賭氣的我再次跳到踏臼的木柄上，我在迅速下沉，木柄吃驚地升起，有什麼東西從我的身體中突然躥出，令母親頭上的米灰都變了顏色。那些糯米一瞬間，就這麼粉身碎骨。

雪湯圓

太飢餓的日子裏，還記得那些天空下米粉的日子，母親和我一起捏著雪湯圓——把米粒們放在兩塊石磨之間，米粒們疼不疼？如果這些雪湯圓，是真正的糯米湯圓……浪費啊，帶著指印的雪湯圓，沒有一顆能夠存放到飢餓的春天。白日裏，那些雪被眾人踏成泥濘；黑夜裏，我伸著雙手想捧住，那些分秒的雪，我看見那些雪湯圓，在天空的鐵鍋裏不安地下潛——誰能告訴我絕望的嘴唇，誰能阻止雪湯圓一顆顆自盡？我一生都在煮著雪湯圓，煮出的淚水比雨水還多情……

鏽蝕之針

如今都把那針給遺忘了，拔根頭髮做根針已是傳說。這年頭，我已夢不到低頭磨鐵杵的母親。我可以感到沉默的鐵杵，它在焦灼之洞裏慢慢下沉，越來越少的耐心已遮不住日漸荒蕪的身體。我其實還可繼續表演吞針，比如吞下縫棉被的一號針比納鞋底的二號針勉強，在吞下三號釘衣針之後還嘬了一口殘茶。更短小的四號繡花針和五號串珠針竟也吞嚥了許久。好在傍晚的風突然轉向，風吹乾了我的吞針的想像，也吹乾了我額頭上的汗水。但我的舌下，還有一根無法吐出也無法嚥下的鏽蝕之針。

皸裂的血口

我們都是母親血的再版。每年深秋，母親的十根手指頭上和腳後跟上就會張開許多血的小嘴巴，像是要替厚嘴唇的母親說話，也像是要多咬幾口面前的生活。到了冬天，寒風還會把血的小嘴巴越吹越大。看見它們，我感到更為寒冷。母親的每一根手指都裹上了白色的膠布，每一道皸裂的血口中，都被油燈上烤化、滾燙的黑藥膏注滿，我在用火柴棒攏好血口的時候，母親表情平靜，心滿意足。

鋁鑰匙

我堵在老屋前而不得入門，這是一起日常事故。母親曾握過的鋁鑰匙還在，就像這麼多年來，已不能再說起的宏願，它還在我的口袋裏，但已打不開塑料紙包裹著的「永固牌」鐵鎖。可以撬鎖。可以練習夏夜卸門板乘涼的方式，沿著門軸把兩扇連著的門卸下。可進去了又能取些什麼？透過門縫可扣響昔日少年的木頭槍，也可以問候喑啞的老屋和老家具。此時此刻，我聽到了那些父親飼養過的老畜生嗚咽不已。

舊草堆

母親說過每個人都有段晦暗的日子。是的，晦暗，我們的晦暗，青春的晦暗，這樣漫長的青春，直到把春天耗盡。小麥灌漿，油菜結籽，沉甸甸的汁液令它們大片大片倒伏，視線裏的凹凸，彷彿證實了使命碾軋的粗暴。田野的某處，有隻鵪鴣在大聲祈願。我的悔恨實在太密集了，就像遍布河堤的一年蓬。也是這樣空曠的初夏，我在老家的母親，拆掉一座舊年的草堆，燒開了那碗求菩薩保佑的符水。

恩施與孝感

恩施與孝感我都沒去過。

但我的眼睛去過。我很喜歡看地圖，做一次地圖上的旅行。可用藍色的海洋餵養疲憊的眼睛，還可俯視老家附近的幾個湖泊。老家湖泊多，童年時感到那麼寬闊的湖泊在地圖上比淚水還小，那比淚水還小的湖泊經常盪漾到我的夢境裏，湖底的水草、脫了殼的蟹、河蚌（父親的下酒菜）。我在湖面上追逐著父親命令我飼養的鴨群、打了補丁的帆、威風凜凜的拖隊。更多的是上了岸的夜晚，我睡不著，鴨虱和水虱咬過的傷口拚命地癢。母親不讓我抓，她用門上褪了色的封門錢給我擦（為什麼要用褪了色的封門錢止癢？我到今天也不明白是什麼道理，但是有效）。評論家王彬彬說我的小說寫出了延遲的童年的傷痛，時隔很多年，傷痛還在，說是延遲，實際是綿延不絕。

我常常會翻到「湖北」這一頁，因為湖北的湖泊更多，更大，像一片荷葉上的露珠，在我的眼睛裏滾過來，滾過去，閃爍著奇幻的光芒，總是不肯停下來。其實我並不是想看湖北的湖泊，而是我很喜歡湖北的幾個地名。比如孝感，比如恩施。這兩個地名背後有什麼故事，我不得而知，我總是感受著這兩個地名或者是兩個詞語所傳遞出來的意味。在我看來，這兩個地名可以進入天下的好地名之列。哲學家提醒我們要注意存在的「在」。可日子總是把人向前推，比如童年的窘迫，比如少年的荒唐，比如青春的莽撞，我們都忽略了，忙碌的灰塵就這樣遮蓋來時的腳印，也遮蓋了長輩們對待我們的恩情。

孝感和恩施這個地名已烙在了地圖上，也烙在了我的血脈裏。就像海南有一種植物叫做母生樹，這種樹非常好認，它總是在根部長出一根分枝（僅僅一根），樹幹粗，分枝細，看上去就像是母親抱著兒子，兒子依戀著母親。站在母生樹的面前，我的內心裏全是羨慕。這幾年，電視裏總是喜歡用親情做廣告內容，我怎麼看也是心疼。父親去世的時候，我沒有感到人生的空曠，而母親的去世對我是一個打擊，我有好長時間都沒有恢復狀態。有時候我在路上走著走著，心裏就冒出一陣空曠的寒意，這是無處遮擋的空曠，也是無法訴說的空曠。世界的因果就這樣赤裸裸地擺在我的面前。我知道一切都不可避免，可來到我面前的時候，我的恐慌就如同老家湖泊上的波浪，沒有了避風港，也就沒有風平浪靜的時候了。

我們每個人身上都含有許多人，每個人都是世界上許多人的因果。三十年前，我在揚州上大學的時候，我曾經用三個晚自習的時間在學校圖書館裏抄下的長達六百多行的詩歌，是臺灣詩人洛夫寫給他母親的，詩題叫做「血的再版」，其實，血的再版也就是母生樹，而人生的空曠應該叫做人生的寬廣。

永遠有一棵母生樹，這母生樹上有兩片葉子，一片叫恩施，一片叫孝感。

悲傷的輪廓

夏天實在太熱了，總是盼著立秋的到來。

母親說：「立秋也不會多冷，立秋之後還有十八天天火呢。」

立秋之後，天火的確還在無情地焚煮這個大苦大難的人間。但是還是有所不同的，早晨起了變化，尤其倒在搪瓷臉盆裏的水，到了清晨，比前一天晚上涼了許多。

夜晚的變化就更明顯了。黃昏的雲比立秋前的雲多了嫵媚，多了妖嬈。母親信誓旦旦地說：「那是仙女們在銀河晾洗她們的漂亮衣服呢。」

真的嗎？

晚上乘涼時，母親又指著漸漸明朗的銀河說：「你看看，那是天上的銀河，你看看東岸有個人，他叫燈草星，他的肩頭有根扁擔，他挑的是很輕很輕的燈草。」

扁擔在哪裏？

順著母親手指的方向，我們看到了三顆星星。中間的一顆有點紅，像一個小夥子由於用力脹紅的臉。

母親又說：「西岸有個石頭星，他挑的是石頭，但他過了河。」

母親接著就講了燈草星和石頭星這一對同父異母的兄弟故事。晚娘偏心，讓自己的親兒子挑很輕很輕的燈草，讓繼子挑很重很重的石頭。偏偏銀河的風太大了，挑燈草的兒子反而沒能過了河。

聽了故事，我們都沉默了很久。我們都長了一副和母親一模一樣的臉，根本不可能是母親的繼子。母親話中有話，意思是叫我們不要嫌棄她分配給我們的活重。如果挑了燈草，那就過不了銀河了。

大人的名字應該統統叫：「常有理。」比如，只要我們跟他們鬧點別扭，他們總是說「冬瓜有毛，茄子有刺」，真是各人有各人的脾氣。

誰也不想做冬瓜，誰也不想做茄子。銀河裏的仙女們可不想見到如冬瓜一般或者如茄子一般的我們。七月七的晚上，躺到茄子地裏可以去銀河裏見洗衣服的仙女，更可以去摸金元寶呢。

七月初七的晚上，彎月如鉤，流螢遍地，我們都在田野上轉悠，誰也不會真的躺到茄子地裏去。抵近處暑節氣的田野變了許多。原先的密不透風，稀疏了許多。刀豆架上的刀豆越來越像一把削鉛筆的小刀。沒人感興趣的黃瓜獨自黃著。冬瓜們在耷拉的瓜葉間露出了多毛的白肚皮。還有南瓜，它們的藤爬得太隨意了，結果也太隨意了，如果不注意的話，很多時候，會被它們藏在草叢中的實沉實沉的南瓜絆個大跟頭。

最令人驚奇的，是母親種下的矮個子的盤香豇。它是豇豆中最特殊的一種，個子矮小，結出的豇豆不是筆直的一條，而是自然彎曲成一個圓形，就像燒香中的那種盤香。盤香豇產量不高，但味道比筆直如尺的豇豆好吃。為什麼它是這樣的豇豆？田野上，其實還有想不通的東西。比如灌溉渠邊的半枝蓮，為什麼只開半邊花？半枝蓮是常見的，盤香豇不常見，過了處暑，母親就不讓摘了，她要留種。

到了處暑，盤香豇枝頭的豇豆漸漸乾枯，與盤香越來越有了差異，因為每一粒果實在枯瘦的豆莢下露出了自己的輪廓。

是的，很多事情都現出了各自的輪廓。遠處的稻田，稻田隔壁的棉花地，棉花地後面的高粱地，高粱地隔壁的向日葵地。它們快生長了一個輪迴，馬上要轉場了。

這麼多年過去了，到了這個逐漸轉場的季節，我還能從我的亂書堆中看到頭頂的銀河，遠方的稻田，棉花地，高粱地，向日葵地，以及向日葵地對岸的父母的墳地。

墳地邊的草都結滿了草籽，它們紛紛低伏下去。一個夏天被草叢覆蓋的墳地也有自己悲傷的輪廓。

崴花船的那年春節

曾經金黃的清晨我低下頭去
蒙塵的時光一一過去
謙卑把我取名為向日葵

公社宣傳隊上到我們村崴花船的那年春節，我家門口三棵長得很高很高的榆樹上掛滿了我父親從河裏罱上來的雜魚。雜魚的腹部被我母親用一截一截的蘆管撐開——像一個個迎風敞開棉襖的頑童。母親還用一根竹條把它削細，然後將這些大小不一的雜魚一律串起，這些「頑童」一下子就有了組織性和紀律性。我不心疼它們。我只想吃它們。所以我和一隻饞嘴的黑貓就總在榆樹下渴望，黑貓喵喵地叫著，像替我數數似的。母親說，你相什麼呆，你正好陪我去舂米粉。是的，應該和糯米粉團了。

臼杵很粗。我總是要用全力才能將臼杵那頭抬起，我母親往臼口裏灑米。一臼杵下去，很久才能抬起來。母親說，你什麼時候才能搞好哇。養隻貓養隻狗也比你有用。我又用力——只好全身站上去，臼杵那頭好像咬住了臼口，我又用力蹲下去，其實蹲下去又有什麼用？過了很久，臼杵牙齒終於被糯米黏疼了——鬆開了口……我從臼杵的一端落下去，猛然一震，腳後跟上的皸口就裂了開來，疼。還是再站上去，又一震。老棉襖裏滿是汗，我不能脫，我只是光身扛著一件老棉襖，像裏了一身盔甲。

我說，人家買了小鞭炮呢。我剛說完，母親就罵過來，那是敗家子。母親的訓斥使得我心情更加糟糕，就像已經融化開來的凍土。母親也看到了我的沮喪，說，過年有歲花船呢，還有河蚌精。我賭氣地說，我才不看呢。母親對於我的發誓很不當真，看到時候哪個小狗躥得比兔子還快。

下午做粉團的時候。我已累得不成樣子了。我躺在灶後的草上呼呼大睡。待第一籠粉團蒸好後，我姊推醒我，吃團了，吃團了！我咬了一口就不想吃了，我又銜著米粉團睡著了……直至第二天早晨，我又看著三棵榆對上晃來是晃去的鹹魚。鹹魚們逃了一夜，一個也沒有從母親的那根竹條上逃脫。它們雄糾糾氣昂昂地在落了葉的榆樹上做風向標。像在紀念什麼生活。我和黑貓仍在眺望。天那麼藍。草屋頂上的霜開始化了，一層霧氣。巷子上有換糖的糖鑼聲。當當，當當。我的耳朵都要震聾了，他的生意肯定不好。我已把母親藏在破木箱裏準備過年用的一袋花生糖偷吃得差不多了。糖我是不想吃了，我想吃鹹魚。而鹹魚們正在樹上學習鳥兒築巢，三棵榆樹在過年。

過年了，穿著舊衣服的我什麼地方也不想去，我和黑貓被太陽曬得軟塌塌的，我們共同仰望著，不一會兒，我堅持不了了，我就開始打噴嚏，一個，又一個，再一個。母親聽見了，嗬嗬，再打一下。我真的再打了一個。母親說，四百歲！再打一個！我真的想打，可我打不出來，眼淚鼻涕都流下來了，像受盡了委屈似的。母親說，新新頭上的，請你快跟我去把你的爪子好好洗洗，跟我去看崴花船。

我低下頭看我的手，手的確很髒，全都是凍瘡。三棵榆樹依舊帶著三串鹹魚扭來扭去跳秧歌，三棵榆樹在過年。母親突然笑起來，我擦了擦臉。母親笑得更厲害了，我也跟著笑了起來，遠處鑼鼓聲一聲緊似一陣，公社宣傳隊崴花船就要來了。

我們的膽結石

膽結石：膽囊或肝內、外膽管發生結石的一種疾病。膽結石的形成與代謝紊亂、膽汁淤滯和膽道系統感染有關。膽石可分為純膽固醇、膽色素鈣鹽及混合性。我國以膽管內膽色素結石最多見，常伴有膽囊炎及膽管炎，兩者互為因果。發病時突然發生劇烈難忍的右上腹陣發性絞痛，稱為膽絞痛。

——《辭海》（一九七八年版，一七〇二頁）

還記得那棵全莊最高大的榆樹還在，就在我家院子裏。母親在大榆樹下對我說，一個媽媽可以養十個兒子，十個兒子不一定能養一個媽媽。當時不懂，但後來的生活全被母親說中了。全身是病的母親只能一個人留在老屋生活。

父親去世後第六年，我準備離開家鄉，去做一個鄉下人做了多年還沒有做成的「城裏人」的夢。我勸母親一起走，母親不同意。一直到離家之前，我都努力想讓母親改變主意，可母親一直沒有鬆口，她坐靠在有她照片的牆下撚線坨。

本來牆上有兩幅照片，父親的，母親的。在替父親「化牌位」的時候，大哥主張把父親的遺像燒了。掛父親照片的那塊牆上就多出了一塊白，而一旁母親的照片顯得很孤單。但母親總在有她照片的牆下撚線坨。照片裏的母親比撚線坨的母親年輕許多。

其實母親撚的線坨一點用也沒有了，可是她愛撚線坨。一撚，那線坨就轉，轉得飛快，都看不見線坨了，只有一束倔強的光暈。

母親最好的藉口是暈車。聞不得汽油味，聞一下膽汁都要嘔出來了。在我不斷地勸說下，母親還是很堅決，你走你的，我哪裏也不去。母親說，你是想讓我去坐牢。母親甚至說了一句絕話，你叫我去，你是存心想讓我早點悶死。母親還說，人家能過我就能過。

母親的固執有如我老家的許多老人的固執。老家空蕩蕩的村莊裏除了房子，就是老人了。到了晚上，老人們哪裏也不去，貓到床上，在黑暗中睜著眼睛睡覺。他們的子女基本上全在南邊打工，只有過春節才回家一次。

我說多了，母親不拒絕了，說出了一個大理由：「等你發了大財了」再去。這個問題就把我難住了，令我羞愧，也讓我暗暗有了雄心。可是雄心只是瞬間的事，我不知道我怎麼才能發大財，什麼時候才能發大財。出外到外地謀生的鄉下人有多少發了大財的？

母親全身都是病。她患了十幾年的高血壓，心臟病，骨質增生。高血壓和心臟病都有常用藥對付，只有骨質增生令我們頭疼。我們問過醫生，骨質增生疼起來是非常疼的。可是母親說不礙事。村醫院的醫生也說她老了，零件也朽了，都是老毛病。最大的問題應該是母親的鬏。

母親的生活費是我們仨兄弟均攤的，醫藥費也是如此，這一點沒有什麼問題。母親如果不生病，自己是能夠照顧自己的。比如燒飯、洗衣服、倒痰盂。可最大的問題是母親每天一定要梳頭，還要窩鬏，就是老年婦女的那種鬏。

窩鬏是一件非常費時的事，母親發了心臟病，醫生勸她把後面的鬏剪了，母親沒有同意。母親的鬏有三十年歷史了，我妻子曾在地攤上買到了幾副織得不錯的網鬏，是五彩絲線編的。我帶給母親的時候，母親很是高興過一陣子。至於鬏上的一根簪子，她說是父親買給她的，父親沒有捨得買足金的，是包金的，上面的金水早掉了，只剩下銅色。母親的鬏也沒有以前大了，但是母親還是每天打開那生了鏽的鐵皮梳妝盒，用缺了齒的牛角梳梳她的長髮，窩好鬏，然後上網鬏，然後插銅簪。一步不能少。

母親的心臟剛好些，她又開始準備窩鬏，可是她還沒有梳好，疼痛的心臟又快速地跳了起來，醫生把我們罵了一通。後來還是我幫她粗略地窩好。母親很不滿意，夜裏就把它重新散開了。就在陪床的我睡著的時候，她又重新把頭髮梳好了，窩好鬏。早晨我對母親發了火，我說我工作很忙，我說她不愛惜自己，讓我們這些做子女的怎麼辦？母親不說話，她躺在病床上，不說話，也看不出她生氣的樣子。她肯定滿意自己的這次梳妝。

母親頭髮後面的鬏終於還是沒能保住，還是她自己主動剪掉的。原因就在於她得了膽結石。由於出差，沒有得到消息，等得到消息回家的時候，母親已經住進了縣城人民醫院。

膽結石的疼痛我是知道的，膽結石之疼是不要命的。那疼，是把一個人所有的神經全部抓住。一旦發作起來，經常是疼得在床上打滾，嘴唇都咬破了。也就是能把人往死裏疼。這樣的場景我見得太多了。老家水質不好，每個人的膽囊負擔都重，什麼膽囊炎膽結石似乎太多了。也正是這樣的原因，外面作為大手術的膽結石開刀，放在我們那裏的鄉鎮醫院只是小手術，更不談縣城的人民醫院了，據說縣城人民醫院的外科醫生開膽結石在全國都很有名。

我看到了母親，她臉色很差，她見到我，似乎很不好意思。她說，醫生說她膽大。我不說話，我覺得母親有點怪，她怎麼老是低著頭？後來我看出來了，她頭上窩了那麼多年的鬏給剪了，剪成了齊耳短髮。她有點不好意思呢。母親依舊說，醫生說她的膽大，膽裏面還有石頭，你說石頭怎麼會鑽到裏面去了呢？我怎麼回答？

母親又抓了一下後腦，說，這下梳頭很順手了。我心裏很不是滋味，她一點不像我父親，她還是那樣，從來不想給子女添麻煩。臨出院，母親給我提了一個要求，叫我替她買一頂「紮頭布」，也就是方巾。可是現在的縣城不是過去的縣城了，現在的縣城不賣過去農村婦女紮的方巾，而是賣一些時髦的絲巾，或者紗巾。根本沒有什麼方巾。最後我買了一只髮箍，她戴上去，對著玻璃照了照，怎麼也覺得彆扭，還是取下了。

我沒有問母親剪下的鬏放到什麼地方去了，也沒有問那根銅簪子。沒有鬏的母親頭髮就容易亂。有時候我回家，遠遠看見母親，總覺得她心裏有個保存了很多年的東西被剪去了。

每次抽空回家一次，莊上的幾個老太太見我回來，總是喜歡跟我說話，說她們的孫子孫女。這些留在身邊的孫輩總是不聽話的多，有個叫寧娣的老人還把她的孫子拖到我的跟前，意思是叫我「傳達他父母的話」，幫助這個老人撒謊。看著老人的表情，我只好撒謊。

我的撒謊肯定是不管用的。後來聽母親說寧娣還和整天沉湎於遊戲機室的孫子打架。追了全莊。後來打油了，這個常常逃學的孫子還和他奶奶對罵，直到把他的奶奶罵哭了。

這個還不算慘。

鄰莊有個老人幫助兒子帶孫子，結果孫子下河釣龍蝦溺死了，他自己只好也喝了農藥。那個喝農藥死的老人的葬禮，母親也去看了，眼淚鼻涕淌了一大把。你說怪誰？難道能怪老人嗎？

還有一對老人，兒子和兒媳雙雙在外面打工遇難，他們現在只好重新種田，包了人家不種的十畝田，頭髮都忙白了，老頭還問我外面有沒有需要他做的活。

老母親一個人在老家生活，我心裏總覺得很內疚，但往往後來就忙忘掉了，只是在打電話的時候，我才想起自己的不是。我在電話裏經常勸我母親，不要捨不得錢，要捨得買東西吃。不要老是一天三頓粥。

由於俗事，我每次都像點火一樣回家。為了減輕我的愧疚，我會從超市裏買一大堆東西帶回去，母親會罵我，我又不吃的，你真的發了廣東了？你什麼時候把房子買下來再這樣做。

我以為母親責怪完我之後就會吃的，後來我又回家，她真的沒有吃，她說她吃不慣。其他的老太太也過來看我，七嘴八舌的，她們的意思也是不要被人「洋盤」（意思是被人騙了）。她們說得非常肯定，弄得我的母親也以為我被騙了。母親很相信她的老夥伴。

母親的伴中還有過去和母親有過隔閡不說話的人，比如我家前面的稻香大娘。母親與她曾為她獨生兒子砌房子而吵過架，原因是前面房子砌得太高，擋了我家的陽光了。去年我回家時母親說，「稻香還爭呢，就一個兒子還和她分家呢。」分家後的稻香大娘老倆口後來住到了過去知青住過的草棚裏。現在他們又住回來了，原因是一樣的，兒子出去打工了，老倆口現在住四間大瓦房，這是過去想都不敢想的。現在有得住了，反而覺得太曠了。

母親和那些伴在一起，在老家活動的範圍變得很大了，使得我每次回來總找不到她。母親的伴中並沒有打麻將和吃素念經的。母親不會打麻將，同樣她也記不住那些難記的經文（念經的二姑曾經叫她就跟在裏面哼哼也行，可母親不同意）。現在母親的愛好就兩個，一個是「拉呱呱」，一個是去看人家辦喪事。

老家的喪事是很費財費時的。送葬、「六七」以及「化牌位」，大的一共三次，每次都要花上萬元。和尚要請，喪樂隊要請，哭喪隊要請。現在吃飯也改革了。過去只吃一頓葷，其餘是素，而現在只一頓葷已經沒有人來吃了，必須每頓都有葷，三頓都有酒。熱鬧，還氣派。

母親和她的伴喜歡看，看完後還評價，誰家是請了「七大師」坐臺，還是「九大師」坐臺。誰家還請了「十一大師」呢。有派頭。誰家的花圈那麼多，女兒「澆花水」都澆不過來了。誰家還請了喪樂隊。誰家請了哭喪隊。有時候我聽到她們津津有味地談著，心裏很不是滋味。我總不可能對母親許諾什麼吧。

母親說過，她寧可不要什麼哭喪隊，也不希望我們兄弟將來為了錢不和。我以為母親說過一次就罷了，可是母親在有一年臘月裏我回家時又重申了一遍。我知道她心裏已經把這個問題想了好多遍了，不然她不會就這個問題反覆地強調。

有一次回家，母親卻不在家。村支書還幫我找了一圈，還是沒有找到，我等了母親足有兩個小時，門口的人基本上都被我發動起來了，還是沒有我母親的蹤跡。最後只好動用了老家的大喇叭，那是為了喊人接公用電話時用的，村主任在大喇叭裏喊，「龐余亮的媽媽，聽到廣播後快回家，妳家龐余亮回來了。」

半個小時後，母親出現了，一臉的歉笑，她還責怪我，你怎麼今天有空回來了？母親是和幾個老朋友一起去看人家怎麼做後事的，一臉的興奮，「不用錢」「自帶乾糧來唱歌」「不燒紙」「也不念經」「還不要喪樂隊」「省錢」。

她們是真正的羨慕。

我一直擔心著母親的身體，我叫她定時吃藥。但我母親的身體還是又一次垮了下去，心臟又出了問題。我回家的時候，她又怪罪我死去的父親。她說，不是那個老東西總是拿別的女人氣她，她也不會得心臟病。

我在老家待了幾天，母親和我談了很多，她後來也不罵我父親了，而是開始懷念我父親。我父親的聰明、我父親的勇敢、我父親的能幹。

老家清理墳地，需要為父親移墳，我們弟兄三個一起回家。母親照例沒有去父親的墳地，這是我們老家的規矩。我們還在父親的墳前立了一塊碑。母親其他的話沒有問，只是問了我，有沒有她的名字？我說，當然有。她又問，是什麼顏色？我說，當然是紅色的了。母親不說話了。

母親在面對死亡的時候實際上很樂觀，在父親死的那一年，母親就自己買布料，找一群會做老式盤扣衣服的老太太裁剪，然後她就自己給自己做「寢」。我不明白為什麼叫「寢」，母親說，就是「老衣」，是為老人過世時穿的衣服。當時妻子還有意見，說不吉利。但是母親說，過去還有老人置「老材」在家呢。

母親一針一針地把「寢」縫好，自己試穿了一下，她說，只有活著穿一下才能算自己的。母親還吩咐我，她「老」了之後火化之前一定要給她帶上一瓶麻油。主要是用於治療火化時被「大爐」燒燙的傷口。

母親是怎麼得到這樣的方法的，這其實並不重要，重要的是她相信了，並說給我們做兒女的聽了。

夏天到了，老家的老人最重要的事就是曬「寢」，曬他們百年之後的「寢」。死亡對於他們就是一場睡眠嗎？或者他們這樣做就是不相信自己的子女嗎？老家的老人們把針腳很好的「寢」曬在門板搭成的曬臺上，她們不再「拉呱呱」了，眯著眼睛看著門外，由於只剩下了門框，陽光就大把大把地湧到她們的眼睛中。

大哥和二哥現在都像父親母親一樣有了高血壓。大哥告訴我要注意，這是遺傳。我知道遺傳的厲害。可我總是覺得我遺傳了母親的膽結石。右上腹有隱痛。

但醫院裏的體檢速度很快，醫生說我沒有膽結石，我並不相信。再後來，我不放心，又找了一個朋友，這個朋友又找了一個熟人，醫生看了我的B超報告，又摸了摸我的右上腹，很驚訝地看著我，問我，疼不疼？我說，疼。有時候疼得要命。他沒有說話，只是笑了笑，好像很有意味。我知道他的意思，他是說我不像，我臉色不像，我這樣做是搗蛋。醫生最後下了結論，你的膽囊是有問題，膽囊有點發炎，吃點消炎藥吧。然後他就嘩嘩地給我開了一大堆消炎藥。還說，只能算作「疑是膽結石」了。你如果再疼的話，就要輸液。但我還是疼，就像那些被不斷砍伐的榆樹的疼。

現在老家最多的植物榆樹早已被意楊代替，雖然意楊很值錢，可我還是喜歡榆樹。記得有一次，母親在我過生日的時候獎勵我一個雞蛋，我坐在我家門口的大榆樹下慢慢地剝著吃。榆樹在風中搖來搖去。榆錢就落到了我的頭上。母親說，過生日錢打頭，看樣子，你將來是要發財的。

可到了今天，我沒有發財，更沒有達到母親開玩笑所說的「發了廣東」。但每當想到老家的榆樹，就總是覺得母親還在。可母親的確不在了，老家的那些榆樹也不在了，母親也過世十二年了。到了我的夢境中，母親的髮式總是那沒有鬆的凌亂的樣子，來不及詢問母親，就疼醒過來……。

糖做的年

拜年拜年，花生和錢；不要不要，朝衣袖裏一倒。

這是過年的童謠。可小時候，我根本沒有這些。那時的我只是希望過年的時候，能夠有一粒糖滿足我一年來對於「糖」無窮無盡的想像。

說到以前過年的事，我女兒感興趣是感興趣，但就是不懂為什麼沒有糖吃。小學老師問我們：你長大了將要做什麼？這是每學期作文中必須要做的一道作文。我在作文中的理想是做一名光榮的解放軍戰士。這個理想在當時來說，屬於流行的理想，就像現在的小學生理想是將來要做比爾．蓋茨、做大明星一樣。

可是，我在這個每學期都要寫的理想上撒了謊。我最大的理想就是去做糖廠工人，每天都能夠面對糖，想怎麼吃就怎麼吃，想吃多少就吃多少，連我的頭髮我的衣服都跟我一起吃糖。十六歲那年，我去揚州上大學，我特地花了五毛錢，買了一大把高粱飴放在褲袋裏，每當老師背過去板書的時候，我就剝出一粒糖塞到嘴巴裏……什麼叫做甜蜜？那時那刻就叫做甜蜜。

家裏是根本沒有糖的。除了那五分錢一包的糖精，可這也屬於母親「管制」的範圍。而門外的貨郎糖擔上的麥芽糖是需要辮子、廢鐵、廢紙、廢塑料、雞內金來換的，可是母親已搶在我前面把它們換成了髮夾或者針箍什麼的，所以對於貨郎糖擔上的糖我也沒有什麼奢望。為了滿足自己吃糖的願望，我吃過有些甜味的胡蜂的屁股、有些甜味的玉米秸稈和有些甜味的青棉花桃……而那些，只能勾起我對甜的更為瘋狂的想像。如果「年」是糖做的話，該有多好啊！

十歲那年，我開始了對過年的反抗。反抗的原因不只是因為糖，還因為過年沒有新衣服，我不說話，也不吃飯。母親和父親肯定猜到了我反抗的原因，但他們就是不理睬我。那一年過年我沒有出去搶鞭炮，也沒有出去拜年。到了下午的時候，母親悄悄走到我的身邊，從她布做的「腰裏鑽」裏掏出一粒明礬一樣的東西來，她沒等我說話，就把它塞到了我的嘴巴裏。我差點跳起來，原來是糖！還沒等我問，母親告訴我，這是冰糖。原來世界上還有一種叫做冰糖的東西！十歲過年的反抗，就這樣被母親的一粒冰糖打敗了。

十歲那年的年就這樣成了糖做的年。記得十歲過年的下午，我帶著冰糖的滋味在外面玩了一個下午，一直到晚上，星空罩在我的頭頂上，我看著那些閃爍不已的星星，覺得它們都是母親掏出的冰糖。

兩個春天的兩杯酒

喝第一杯酒時我十四歲，正準備中考。因為是首屆初三，老師們全是勞動模範。這門老師還沒有下課，另一門老師已站在門外候場了。數學老師是位胖胖的女老師，喜歡四節課連上，中間不下課。我是不好意思在女教師面前舉手上廁所的。我決定少喝水，稀飯僅喝一小口。雖然口渴，但不再有憋尿的尷尬了。

中午下課後，我飛奔回家，用葫蘆瓢舀水缸裏的水喝。咕咚咕咚地喝。第一口酒發生在表叔回鄉的那天中午。我沒有去灶房喝水，而是去堂屋拜見表叔。父親和表叔已吃完了飯，桌上有剩飯剩菜。但吸引我的是家神櫃上那只父親的茶缸，裏面有水。我拿起來就喝。那不是水，而是酒。那也是我人生中的第一口酒，我牢牢記住了它的焰火——那滾燙的，燦爛的，無邊無盡的焰火，在我的身體中，劈啪，劈啪。

這是表叔帶過來的大麥燒。這次誤醉令我缺席了下午的複習課。再後來，因三分之差我沒有進入全縣最好的高中。拿到錄取通知書後，我想到過這杯大麥燒，它讓我少聽了一道題目，這題目說不定就在中考的試卷上……

第二杯酒與母親的去世有關。那時父親已去世九年了。離誤喝大麥燒二十二年。這二十二年，是我離開家門的二十二年，高中，大學，教書，跳槽，我與長了我四十七歲的父親很少有說話的機會，也沒有和父親同飲的機會，父親癱瘓後更是沒有這樣的機會。對於熱情相邀共飲的友人們，我會以請求或祈求的姿態拒絕令我醉酒的可能。

二〇〇三年五月，我回老家陪伴了母親最後昏迷的十六天。把母親和父親合葬之後，按照家鄉的風俗，應該吃「下紅飯」。我和我的兩位哥哥理應向所有的親友敬酒以示謝意，作為老巴子的我不知道為什麼，頓時發作了「老巴子脾氣」，獨坐在母親的牌位前，堅決拒絕向親友敬酒。

帶著「失禮」的愧疚，奔喪結束的我回到長江邊的小城。我想上班，可一個電話又讓我難受起來。「非典」形勢太嚴峻，按照規定，從外地回來接著上班，須要去醫院做一個安全檢測。這是當時很正常的規定，但我特別地憋屈，老家沒有「非典」感染人員，我工作的地方也沒有「非典」感染，為什麼一定要去醫院做檢測呢？

第一次抽血很不成功，小護士扎了幾次針都沒有找到血管。小護士滿臉愧疚地看著我（可能看到我臂上嶄新的黑袖套），讓我換了一隻胳臂抽血。我一點也不覺得疼。過了很久，抽血成功了。再過了很久，我拿到了一紙沒有感染「非典」可以上班的證明。在那天晚上，得知我回來的朋友請我吃飯，見我憂憤的樣子，朋友小心翼翼，話說得很輕，可他剛說出「酒」字，我便點頭同意了。

那是我人生中又一次醉酒。時隔二十二年後的第二次醉酒。我的第一次醉酒是因為葬撞，父親看到了。我的第二次醉酒是因為母親，但母親沒有看到。

現在，這兩個被酒灌溉的春天已成為我的絕版，親情與酒，都是釀造而成的，看上去平淡無常飲起來卻滾燙無比。無論是憂傷的、疼痛的、歡樂的，那親情，那酒，都會慰藉茫茫黑夜漫遊的我們。

比如，昔日不再。比如，此酒長醉。

慈姑的若干種吃法

慈姑、荸薺和蓮藕一樣，都屬於水生植物。葉子都「出淤泥而不染」，可人們為什麼僅歌頌蓮藕呢？

慈姑像一個紮著翠綠頭巾的小姑娘。這個叫「慈姑」的小姑娘，一邊在風中小聲地說話，一邊用牙齒輕輕地咬著頭巾的一角。

——這意象來自舒婷的〈惠安女子〉。自從愛上了詩歌，家鄉的每一種植物都被我抒情過了。

但我明白，抒情是給貧苦的記憶「鍍金」。「鍍金」的表層下面，依舊是窘迫，是沉默，是飢餓，還有曠野裏的默默痛哭！

大雪季節裏的痛哭是我一個人的。那年我六歲，父親早早挖開了我家二分地的慈姑（他是粗挖），而我必須獨自再在父親挖的每一塊粗垡中，找到一個個隱藏在土中的慈姑。

為什麼不在大雪季節前，甚至可以在初霜之前，把所有躲在泥土中的慈姑挖出來呢？父親說，挖早了沒慈姑味。

每一顆帶慈姑味的慈姑又都是狡猾的，它們躲在淤泥中。我的每一根指頭，都被帶著冰碴的淤泥完全凍僵。開始是疼。後來是麻木，再後來又疼。又癢又疼。清水鼻涕……曠野無人，我被凍僵在一群在淤泥裏和我捉迷藏的慈姑之中。

從那時起，我決定不再吃慈姑。

而家裏的每一樣菜是離不開慈姑的。比如令汪曾祺先生念念不忘的鹹菜燒慈姑，在我們家幾乎是家常。一點也不好吃。當然，如果是慈姑燒肉（那是大塊的肉和慈姑們一起過年）或者慈姑片炒肉片，那我對慈姑的看法會改變一些。

可哪裏有錢買肉呢？繼續吃慈姑，或者繼續吃鹹菜燒慈姑。

幸虧在這樣的慈姑家常菜之外，母親又為慈姑發明了兩道慈姑菜：一是把慈姑做成圓子，二是將慈姑變成栗子。這兩道菜是母親的魔術，也只有在大雪節氣的農閑時節，母親的魔術才能充分展現出來。

慈姑做成圓子的方法需要一只金屬的淘米籮。金屬淘米籮外密密麻麻的齒洞是天生的小刨子，將慈姑放在上面來回地磨，慈姑被磨成了粉末，和以麵粉和雞蛋，再捏成丸子，放在油鍋裏煎炸，就成了與肉圓差不多的慈姑圓子。

母親還有一個絕技，她能將慈姑肉變成栗子肉。慈姑味苦，栗子粉甜。但母親會變魔術，她將慈姑們放到清水中煮熟，撈起，再放到太陽下曬乾。雪白的慈姑成了栗子色。慈姑味消失了，有栗子味了。

我喜歡吃母親做的慈姑圓子，也喜歡吃慈姑乾。我曾將這兩種慈姑的做法告訴研究地方史的老人，他竟然聽說過。他還說，他也要回去試試。

因為慈姑，我實實在在地為母親驕傲。

黑暗中的炊煙

中年人回味童年，肯定是衰老的標誌。其實歲月就是一顆怪味豆，不管你願意不願意，你都得吃下去，有一些酸楚，有一些苦澀，還有一些甜蜜的往日啊。

防震抗震那年，我上四年級。

那還是深秋季節，教室的草屋頂剛剛換上了新稻草，像是得了白癜風。老師抓粉筆的手上都是泥巴，他們剛剛從田裏回來。我無心上學，因為有人在說五里外的鄰莊要放電影了，有人將弄一條船去。

放學了，我沒有像往常一樣躥回家，而是磨蹭著，看看有哪些人沒有走。果真，有幾個大個子的同學沒有走，我屁顛屁顛地跟在後面，以代他們做三天作業的代價上了那條生產隊的大木船。

那些大個子同學弄小船有一手，可都不太會弄這條生產隊來回上工的大木船，木船頭一會兒向左，一會兒向右，好在那天風不大，否則我們肯定看不成電影了。就是這樣，待我們靠到鄰莊大柳樹下，打穀場上的電影已經開始了。好在有經驗，那不是正片，只是放過好幾遍的《新聞簡報》。

我一生都會記住那晚放的兩部電影：一部《紅孩子》，一部《孫悟空三打白骨精》。

正當白骨精化作老妖婆時，派去察看船的夥伴慌慌張張地跑過來說，竹篙沒了！

孫悟空還在那裏三打白骨精，我們卻在黑暗中跌跌撞撞地尋找我們的竹篙，是哪個喪良心的把竹篙偷走了呢？後來，我們來到一家人門前，發現有一根竹篙正倚在他家的竹籬笆上，我們不管三七二十一，小心把竹篙抽出來，扛了就走，反正我們的竹篙就在這個莊上呢。

電影是看不成了，只有上船回家。也許是做賊心虛，一路上，我們被一些黑影和突然出現的高墳嚇得魂飛魄散，好像四周都是吃人的白骨精。不知道過了多長的時間，我們才把大木船靠到碼頭上。此時已經是半夜了，村莊靜悄悄的。

剛上岸，一隻狗突然狂叫起來，滿村的狗也狂叫起來，後來發現都是自己人，不叫了。可我們都不敢回家，只好宿到一同伴家的灶屋裏的稻草上。稻草可能淋過雨，一股霉腥味沖得餓極了的我們無法入眠。

不知道是誰發現了一堆芋頭，大家連洗都沒有洗就把它們扔到了鍋裏，加了水，蓋上鍋蓋，往鍋腔裏塞滿稻草，開始燒芋頭。可能是火光的緣故，我起來出門。外面的夜空瓦藍瓦藍的，有幾顆金色的星星在閃爍，草屋頂上有一縷炊煙裊裊向上，好像是筆直地爬上了天空！

——可能是覺得太美了，我全身不停地打顫！回到屋裏時，灶火已經把同伴的臉映得通紅通紅，芋頭發出了誘人的香味。

第二天早上，我懷著忐忑不安的心回到家中，也做好了被脾氣不好的父親痛打一頓的準備，因為這是我第一次擅自在外面過夜，但奇怪的是，母親見到了，說了聲，你為什麼還不去上學？鍋裏有山芋粥。我看了看父親，似乎什麼也沒有發生。

我呼呼喝了兩碗山芋粥，上學去了，好像家裏不曉得我在外面過夜啊。但我一直想不通，父親為什麼不知道我丟失？還有，那炊煙，為什麼那麼筆直，就像是一把炊煙做的直尺?!

簷下燕

老家的屋簷下，總是有一些神祕的夥伴。有次我倚在門框上看下雨，正在搓草繩的母親說，家蛇也在數簷雨呢。

母親的話把我嚇了一跳。有爬行動物恐懼症的我趕緊把簷口搜視了一遍，沒有發現蛇，倒是看到許多雨滴沿著簷口的麥秸稈向下滑落，晶亮晶亮的，就像蛇的小眼睛眨來眨去。搜完了簷口，我又環顧屋簷，屋簷下有個很大的燕子窩，燕子每天穿過屋簷歸巢的次數，絕對比我們幾個加起來還多。

那時真是不懂事，貪玩，還和母親頂嘴。母親說，你們看看燕子，起早帶晚的，一刻也不停，多勤力啊。「勤力」是母親的口頭語，意思是不惜力氣。

燕子年年來我家，母親不允許我們碰燕子窩，更不允許亂動亂跑，免得嚇壞了燕子。那時，在我小小的心裏，天真地認為屋簷下的燕子也是母親飼養的。

後來我們一個個長大，丟下母親，離開老家，冒冒失失地來到了城市討生活，油燈換成了日光燈，幾乎是日夜不分。開始是不習慣的，後來還是習慣了在人家的屋簷下討生活。有時會站在鋁合金的窗戶前思鄉，恍惚，虛幻，想不出簷雨的模樣，家蛇眼睛一樣晶亮的簷雨都送到下水道裏了。

誰知道有隻燕子也跟著我，牠幾乎和我一樣冒冒失失。牠在我們單位找不到屋簷，只好在走廊上的路燈罩旁築窩。真不知道牠的泥是怎麼來的，那些草絲又是怎麼來的。我發現的時候，燕子窩工程已進行了一半。白天還好，不怎麼看得出來。到了下午四五點鐘，路燈打開，那黑色的燕子窩就顯形了。我真擔心它被清潔工解決掉。每天早上我總是先向這只未完成的燕子窩「報到」，估計清潔工阿姨也是喜歡燕子的，她「忽略」了燕子帶來的不便，時不時地去清掃落下來的「建築材料」。燕子的工程在我們的工作日的時候進展得比較慢，而到了雙休日進展得比較快。用母親的話說，這燕子「勤力」得很。

我本想等到燕子窩工程完成了拍張照片傳到網上。偏偏還是沒有完成。一個週一早上，剛剛上班的我發現，地上的燕子窩，估計是遭到了強拆。後來發現不是這麼回事，路燈的燈罩是塑料的，銜過來的泥也不是老家農田裏的黏土，只是公園裏的沙土，待一乾燥，燕子窩自然坍塌。

還沒等我嘆息完，燕子又開始了牠的重建。再後來，又坍塌。我都不忍心了，用膠帶把坍塌下來的部分泥燕窩黏上去。還給燕子釘過一只木燕窩，都是徒勞。在這個水泥的屋簷下，泥印跡是留不下的，泥燕窩也是做不成的。可這隻固執的燕子似乎和燈罩較上勁了，等到秋風起的時候，牠依舊沒有放棄牠的泥燕窩之夢。秋天越來越深了，一直等到愛美的女同事都穿上秋褲的時候，燕子不見了。

牠去南方了嗎？

牠還會回來嗎？

我常常於走廊上，仰著頭，在這水泥屋簷下，看著燈罩上的那泥印跡發呆。

沒有淹死的孩子們

我們都是沒有淹死的孩子。

為什麼這樣說？是因為只要夏天，我們的村莊必須都要淹死一個或者兩個孩子。這裏的必須是宿命，太多的水，太多的孩子，貧窮的日子裏，大人們忙著生計，孩子們就這樣在水中浮沉，有些孩子沉下去了，再也沒有浮上來。

我母親總是帶著我去看那個死去的孩子（他是我們的玩伴），我會從人縫中擠到最中心看那個孩子，他戴著令人羨慕的火車頭帽子，穿著過年才穿的新棉襖躺在草席上，很多人都在嘰嘰喳喳地說這個孩子的好話，我心裏卻懼怕極了，我母親在陪人家流淚後警告我說，不要去河邊，河裏有水獺貓。

我不知道水獺貓是一種什麼樣的動物，只知道一個又一個死去的孩子都是牠拽到深水裏淹死的。長大後才知道水獺僅僅像貓樣小。

因為村莊四處環水，在我沒有學會游水之前母親是很不放心的。我的一個姊姊就是在六歲時淹死的。到了七歲，母親就逼著脾氣不好的父親教我學游水。我父親教我學游水的方式非常簡單，他把我帶到河心，然後把我扔到了水裏，他認為我會在本能中學會游水，他說爺爺就這麼教他的。可是我一直往下沉就是不划水。他等了一會兒，見勢不妙只好親自下河去撈，然後把淹得半死的我拖上來狠狠地打了一頓，然後再次把我扔到水裏。

終於，在本能中我學會了撲通撲通的狗爬式。回到家中，父親對母親說，他不會被淹死了。

學會了游水的我們整天泡在水裏，有時我們也像水鳥一樣蹲在橫生在水面的楊樹上看不遠處的一場好戲。我們本族的一位哥哥模仿我的父親也教他的獨生子學游水，他的獨生寶貝在船離岸時就大呼小叫。伯伯，救命啊。嬸娘，救命啊。哥哥，救命啊。

救命聲此起彼伏，他越喊我們就越笑，大家都忘記了自己學游水時的笑話。我不知道他為什麼學了好幾個夏天也沒有學會游水，幾乎每一個夏天都有這樣一個有趣的風景。他喊著，我們笑著，笑聲在水面上彈跳著。

辛苦了一上午的大人們在樹蔭下午睡，他們常常不理會這樣的呼救，但有時也會睜開眼來，嘟噥一句，怎麼，又殺豬了？然後再沉沉睡去，任憑這河面上的喜劇一年又一年地上演。

後來，那個獨生寶貝沒有成為被淹死的孩子，他學會了游水。

學會游水以後，沒有淹死的孩子們就成了水裏的黑蝌蚪了，直至二十隻指（趾）甲都生滿了黃黃的水鏽。沒有了水的威脅，我們一起摸魚、掏蟹或者偷瓜。

但由於整日待在水裏，影響了許多活計的完成。大人們會用忽左忽右的柳條懲罰我們，老師們則會用曬太陽的方式懲罰我們。

每當暴力的懲罰來臨，我們都會羨慕那些被淹死的孩子。

我是平原兩棵樹的兒子

那是平原上極普通的兩棵樹，一棵叫槐，一棵叫苦楝，我是平原兩棵樹的兒子。

我的母親槐，平原上最平常的女兒，她一生下來就必須忍住哭泣，很懂事地在家中帶弟弟，洗衣服，做飯，餵豬放羊，少吃少穿，少說多做。再後來，在苦日子中一晃長大了，五月要割麥，割有尖尖麥芒的麥，經常割傷了自己的腳；六月要插秧，插那青青秧苗，手和腳都被泡爛了，褪掉了一層又一層皮，還記得忙裏偷閑，摘一朵茗子花戴在自己的長辮子上。為兄弟為父母為從未謀面的未婚夫做鞋，那厚厚的布鞋底，堅韌的長長的鞋線常把手拽出一道又一道傷口。

手上患了許多凍瘡的是她，腳上皸裂了許多大血口子的是她。過了正月，她就要在嘀哩嘀哩的嗩吶聲中出嫁了，這是她一生中最美好的時光。出嫁之後，她將成為平原上擔水的少婦，清亮的有些憂鬱的少婦，這時槐花就悄悄開放了，乳青色的槐樹花開得遍樹都是，一嘟嚕一簇簇開放著，作為兒女我們把這花叫做母親花，一輩子就這麼燦爛地大把地開放。

之後，母親腆著肚子幹農活，之後要一心一意為兒女為丈夫，她失去了她的名字槐，成了孩子媽，孩子的名字也就是她的名字。為兒女，她操碎了一顆心，兒女冷了？熱了？飽了？餓了？還有那些在外的兒女，已有了些許白髮的母親始終在心底為他們留一塊地方。大雪降臨，我們母親的頭髮白了，她孤單地待在村莊中，祝福著遠方的兒女們。

哦，這落了葉的老槐樹，她還得為她的兒女們操心，什麼樣的風雪也壓不垮她！洪水使她逃離家園，戰爭使她失去了第一個丈夫，飢荒和瘟疫使她失去了一個兒子，但是她仍活著，老槐樹年年將一大把槐花放在我們心頭上開放。

我的父親苦楝，這耐勞沉默的樹，他似乎一夜之間就長成了樹，是自己父親的過早離世，還是貧困和戰亂使這黑臉少年匆匆長大？

但他沉默著，我詢問了多少次他也沉默著。即使說話，也只是三言兩語，面對母親，面對一大群嗷嗷待哺的兒女，面對各種人情世故，他沒日沒夜地勞作，喝大麥酒，抽榆葉煙，一聲不發。我沒見他笑過，也沒見他哭過。他的背似乎一生下來就彎了下來，在他彎曲的背影中，我讀懂了「悲愴」和「堅持」這兩個詞。他好像從未病過也不能有病，一家的支柱啊，內心的苦楚與誰訴說？他一生唯一的朋友就是那瘦而緘默的老耕牛，他和牛，這平原的棟梁，支撐著平原的天空，還有什麼比他更堅硬呢？他在與宿命作鬥爭，與貧窮作鬥爭，與衰老作鬥爭，有了傷口，用泥巴一抹。到了春天，有誰想到，沉默的他也會在枝頭開放出一簇簇暗紅色的小花，濃烈的苦香，透徹了我的生命，作為兒子，我感謝這花的苦味，苦味中的芳香。

啊，苦楝花，我的父親花，暗紅色的花朵多像是父親在耕作之後雙腿上滲出的血珠啊。我曾聽說有一種馬叫做汗血馬，面對苦楝，我分明看見父親的苦楝花在驕傲而不屈地怒放著！

我的母親，我的父親，他們都在衰老著，誰能阻止他們的衰老呢？但他們永在，與平原永在，他們一生遍灑槐和苦楝的種子，年年春天，平原上都有大把大把的槐花和苦楝花開放。年年到了這時，我的血和我的魂就會在花叢中微笑；孩子，千萬要記住，永遠在土地上歌唱！

無水時代

只有到了深夜，我才能聽見水在自來水管中低沉地嗚咽。它肯定在懷念童年的四季，城市之外的萬物，還有我破碎的榆樹村。被加工過的水在自來水管中奔突著，彷彿一顆隱忍的心——誰能夠償還童年的榆樹河？無力的償還永遠哀傷。

無力償還的還有榆樹河上的那個叫喊的少年。他的叫喊是由於父親的威逼，脾氣不好的父親讓他在一個下午學會游泳。固執的少年誇張地叫喊，而這些叫喊後來就成了榆樹村的笑料。開始他很是為這些笑料而惱怒，後來他自己也能夠說他自己的笑料了。再後來，他就成了榆樹河上的常客。少年的身上開始布滿水鏽，黑得像甲魚身上的傷疤閃閃發光，那是樹枝、泥坷、鴨虱子分別作用的結果。樹枝的痕跡是條狀的，泥坷的痕跡是團狀的，鴨虱子的痕跡是點狀的，這麼多年了，它們都成了榆樹河留給他的獎賞。後來，在榆樹河那條長長的防洪堤上，那個少年一手舉著火把，一手握著魚叉，而他所要捉的魚們，全變成了星子游到了天上。

但現在呢，除了地圖上那些清藍的湖泊和河流，地球上的榆樹河也不見了。趕在榆樹河消失之前的是那些高大的榆樹，取代它們的是功利和囂張的意楊。沒有了榆樹，榆樹村就和我一樣謝了頂，清澈的眼神也渾濁起來。那麼多水，那麼多如童真般甘甜的水到什麼地方去了呢？記憶的沙漏就這麼帶走了我的榆樹河，連同榆樹河的河泥，那些多年沒有清淤的垃圾就這麼阻隔在我的中年。榆樹河邊的村莊，吉祥的村莊，那個少年還在榆樹河中仰泳嗎？

對於榆樹河，父親總是說起民國二十年，也就是一九三一年的大水，從天而降的大水淹沒了整個榆樹村，父親用一只小木桶把我的爺爺救起。而我最為難忘的卻是一九九一年，那是我最為痛苦的一年，我想離開我的榆樹村，卻因為父親的病無法離開。洪水從榆樹河裏湧上來了，圍困住我的村莊。我捧著一本《天使，望故鄉》，坐在癱瘓的父親身邊讀。不識字的父親很困惑地看著我。一輩子在榆樹河上放鴨的父親肯定不知道誰是湯姆斯·伍爾夫。而我想的卻不是伍爾夫，我在想我的榆樹河，為什麼它的脾氣變得如此地暴戾？如果它奔湧而來，我會不會馱著我的病父從水中突圍？父親當年那麼暴力地逼我學游泳，是不是為了對他的救援？

後來洪水還是退下來了。再後來就是九二年的大旱，榆樹河一下子變得又瘦又小。再後來是一九九七年的颱風，一九九八年的洪水。到了二〇〇一年，又是一場洪水，童年那麼乖戾的榆樹河脾氣變了。榆樹河邊的村莊變得虛空，很多人去了城市，把孤獨的榆樹河留在了那裏。那一次，我回鄉看母親，母親在碼頭上等我，那榆樹做的木碼頭已經斷落，我一下子怔在那裏，聽到了一顆隱忍的心在河水中的嗓音，誰能償還一條河的恩情？那個在榆樹河上的少年就是我嗎？

在母親去世的前一年，榆樹河真的消失了，先是垃圾的占領，後來是黃土的填埋，它變成了一條鋪上了劣質水泥磚的路，路邊有一家遊戲廳。走在這條尷尬的小路上，看著那些後生匆匆走進遊戲廳。我突然就想到了我在北京看到的太平湖，在母親的身邊，我寫下了一首〈太平湖小史〉：

三十年前，它開始接納死者
二十年前，它接納垃圾
十年前，它消失是流浪者用工棚
把它分居
五年前有人趕走了那些流浪者
幾幢高樓把太平湖升高
成為開發商補償拆遷戶的小區
半夜裏被湖水涼醒的居民
有點像駱駝
他們把剛剛被商業折騰過的一切
都貯藏到他們的背上

沒有了榆樹河，也沒有了太平湖，無水時代就這樣來臨了。我開始嘗試理解脾氣不好的父親，理解我面前的生活。如果還記得榆樹河，記得太平湖，那麼童年之水就不會離開我們。其實，每個從榆樹河出發的少年都像是俠客腰間的水囊。離家遠了，故鄉就把它變成了駝鈴。變成了小王子隱祕在沙漠裏的一口井。如果聽不見水聲，也看不見那麼清澈的水。那麼我們就會成為失水的人，瑣碎，多夢，煩燥，焦慮，這時候，你就必須學習詩人希尼所指示的那樣，做一個卜水者，用童年的榆樹枝在回憶中勘探，只要你想念內心的水，那探水的榆樹條總有一個時刻，會為你激動不安起來，為我們這個無水時代幸福地顫慄起來。

榆樹脾氣

我一直沒有說——不是我不敢說，而是我說了怕你們恥笑，我是榆樹村的孩子。

這是我虛偽的開始，當我醒悟，我心中好像落了遍地的榆葉，這是春天啊，落了葉的榆樹像是患了一場大病，頭髮都掉了。

還記得榆錢嗎？一枚一枚榆錢兒像榆樹的一片片羽毛似的，一棵想飛的榆樹就長在我家的天井裏，我的小名就叫榆錢兒，我是榆樹最小的孩子，總喜歡和榆樹說著悄悄話，或者就爬上榆樹的脖子，看遠方之遠，那看不盡的平原，看不盡的苦難與幸福……

但是誰，誰砍走了那棵榆樹？

那是一個飢餓的年代，我吮吸著母親乾癟的乳房，仍然大哭不止。父親已經捋了榆錢、榆葉，還剝下榆皮煮熟了，白生生的榆身就露了出來，像是你身上的骨頭——我漸漸地不哭了，抽泣著，吮吸著你身上滲出的榆樹汁，清涼的芳香的榆樹汁，我的生命之乳啊。直至多少年後，我流的汗都是榆樹的清香，榆樹型的生命是與大地有關，永不能背棄的。

但多麼令人羞愧，不知從什麼時候起，我的汗水就失去了榆樹汁的香味，慢慢地有了菸味、酒味、金錢的臭味……常常想回首看一看村中長得最高的榆樹，那榆樹之頂的一只喜鵲窩，但我看不見，戴上八百度厚如瓶底的鏡片也看不見。

是誰，伐走了我的榆樹？

我一直在懷念著冬天，冬天的榆樹笨拙而勇敢地在天空中抓著什麼——我常想，赤裸的榆樹影多像是一個靈魂不屈的骨骼。

正是在這個冬天裏，父親花了一天的工夫搭成了一座榆木橋，母親花了一夜工夫用榆樹皮做成了榆木香；哥哥在用力劈著老榆根，我把榆樹根摻在灶火中燒，火苗劈啪作響——鍋中的水已經沸了……

懷念啊，多榆樹的老家啊，老母親總是聽見喜鵲的叫聲，想兒女們快要回來了吧。而從榆樹村出發的孩子，走過了榆樹橋，沿著母親點燃的榆木香和祝福走著，再也不回來了。

是誰，砍掉了那棵榆樹？

那些失去了家的喜鵲還在一陣又一陣地盤旋，鳴叫，直叫得我心痛。那繫在榆樹上的老牛呢，牠如今已被賣給了那個胖胖的屠夫了。還有榆樹村，這醜陋的樸素的榆樹村，如今也變了，變得讓人不敢認了，榆樹村，居然沒有一棵榆樹了？

這不是虛構，這是的的確確的，我們已經把榆樹忘了，就像忘記了在鄉下固執己見的老父親，他教會了我們真誠、樸素、自足、勤勞——而我們卻都鄙視他的沉默。

「……出門在外，榆樹村的孩子，你的榆樹脾氣改了沒有？」

這一問，我一下子明白了，我只是一枚被風和命運吹落在大地上的榆錢兒。

糯米鍋巴

俗話說：「小寒大寒，凍成一團。」

但最冷，還數把人徹底凍成狗的小寒節氣。小寒幾乎與「三九」重疊了。

我懂得「三九」這個概念，並不是因為語文老師。那時有線廣播裏反覆播放一首高亢的歌：「紅岩上紅梅開，千里冰霜腳下踩，三九嚴寒何所懼，一片丹心向陽開……」（〈紅梅贊〉是閻肅老先生寫的。後來我和老先生見了一次面，也是唯一的見面，竟就在一個「三九」嚴寒天！）。

「三九嚴寒何所懼」——廣播上唱的總比說得好聽。我們單薄的身體又怎麼可能何所懼呢？擠暖和需要吃飽飯（肚子裏是咣當咣當的稀飯），曬太陽（西北風亂躥的室外曬太陽也沒用），裝滿粗糠和草木灰的銅腳爐還能給點力（但時間不會太長）。

最佳禦寒的辦法是給身體加油——多弄點吃的東西塞到胃子裏。

但哪裏有吃的呢？樹上沒吃的。野外沒吃的。河裏沒吃的（封凍了）。有一天，因為歉收，父親規定，一天只吃兩頓。

吃了兩頓，就沒力氣出來和小夥伴們捉迷藏了，總是早早上了床。父親還教育我們：

「沒錢打肉吃，睡覺養精神。」

睡覺是能養精神的，但餓著肚子的我，越睡越精神，一點也沒睡意，耳朵豎得老長，像是一根天線，接收著屋外各種各樣的聲音，並從接收的聲音中分辨出聲音源頭。許多奇怪的故事被我想像出來了，後來又消失了。我躺在向日葵稈搭成的床上，稻草在我的身上發出幸災樂禍的聲音，我從肚皮這邊摸到了後背。

但有一年，也是「多收了三五斗」的一年，稻子豐收，整個冬天我們家都是一天三頓。小時候的冬天雪天多。豐收那年的三九嚴寒天也在下雪。父親喜歡下雪，冬雪可利第二年的豐收。因為高興，喜愛黏食的父親建議煮一頓糯米菜飯！

雖然母親對父親這種敗家子的決定有點微辭，但她還是採納了父親的建議，洗菜、淘米、刮生薑皮（父親堅持要加生薑丁）。

這頓糯米菜飯是在父親的指導下完成的，先炒青菜，再放糯米，慢火燒沸，燜一小會，再加一個稻草團，待這個稻草團燒完了，糯米飯的香味就把我緊緊地捆住了！真的是捆住了！

我忘記了很多挨凍的日子，也忘記了很多挨餓的日子，但永遠記得那年小寒節氣裏的這頓盛宴——糯米菜飯。

這頓盛宴的尾聲，母親把糯米菜飯的鍋巴全部賞給了我。

後來上了大學，我去外語系的同學那裏玩，看到他們的課表。他們有泛讀課，還有精讀課。我不知道他們怎麼講這些課，但對於我而已，那頓貧寒人家的盛宴上，我於糯米飯，是泛讀課。我於糯米飯的鍋巴，則是精讀課，我是一顆一顆地嚼完的。嚼完之後，我有很長時間沒有說話。我是生怕那些被我嚼下去的鍋巴們再次跑出來。

還有，我全身暖和和的。

現在想起這場四十年前的盛宴啊，我全身還是暖和和的。

泥水中移栽

我的老家是座蘆葦蕩環繞的村莊。春天會被油菜花照亮，夏季有荷花的清香，而到了小雪季，必然有「小雪」飛舞。

——那是隨著西北風飛舞的雪白蘆絮。

這麼多年過去了，蘆葦蕩一片一片地消失了，有的長滿了水杉，有的變成了魚塘，這幾年魚塘又慢慢變成了蟹塘，很多張牙舞爪的螃蟹們在裏面爬來爬去，生氣地吐著泡泡，像是在對著我們人類吐口水。牠們肯定是在生氣：過去每隻螃蟹都是有洞穴為家的，現在誰也沒地方做蟹洞了。

作為越冬植物的油菜花又是和小雪季節有關的。

因為小雪到了，在寒風中栽菜的日子又到了。必須要在收穫過的稻田中挖出墒溝（油菜地的墒溝並不像麥地的墒溝那樣深，能用於油菜地的灌溉之需就可以了）。接著就是「打」出移栽油菜的小泥塘。而油菜苗早在二十天前就育好了。一棵一棵地用小鏟鍬移栽到小泥塘中。

西北風越颳越大，每個人的臉都是黑的。但必須堅持栽完——要搶在初霜之天讓移栽的油菜們「醒棵」。這也是秋收之後最重的一下農活了，移栽完油菜，大家就可以直起腰桿喘口氣了。

對於栽菜這項苦活計，我內心是有疑問的，為什麼不直接把菜籽種到泥塘中呢？這樣就不用移栽了。

父親說，直接種的菜不發棵！

父親又說，牛扣在樁上也是老！做農民還偷懶？

父親對我的話很是不滿意，為了不讓他繼續發火，我加快了栽菜的速度。但我的速度還是趕不上沉默不語的母親。

栽下去的油菜苗到了下午就蔫了下去，整個一塊菜地幾乎沒一棵直立的。但父親一點也不擔心，到了晚上，一塊油菜地栽完了，抽水機開始作業，將河裏的水引到油菜地裏，那些移栽過來的油菜們慢慢喝足了水。

到了第二天，每棵移栽過來的油菜都有一片或兩片葉子豎了起來。到了第三天，所有的油菜都活了。

再後來，油菜們就拚命地長。一片兩片葉，經歷霜凍，經歷真正的雪的覆蓋，到了春天，越過冬天的它們都記得開花，就是大家都看到的金燦燦的油菜花。

……可要移栽到多少田畝才能停下來

把眼中的淚水拭淨
或者把天邊的積雨雲推得更遠——
已深陷在水窪裏的
那不可一世的紅色拖拉機
正在絕望的轟鳴著
揚起的泥點多像是我們浪費過的時光。

這是我為那些年的油菜寫的〈移栽〉。這麼多年過去了，只要我身邊的朋友讚嘆我老家的油菜多麼美，我總是想起那些移栽後又復活的油菜，它們多像經歷了一場苦難又終於站起來的鄉親。

油菜花洶湧

「清明」是我最不忍心寫的節氣。不忍心，是因為愧疚。只要想到長眠在油菜花海中央的父親和母親，我就是那棵搖曳不停的不孝之樹。油菜花波濤再洶湧，他們也聽不到我無力的辯解了。

默念之中，油菜花在肆意地開放。不遠處的新公路上，全是來來往往的車，那是去油菜花景區看風景的人們。有幾次我陪客人去看過，爬上那高高的瞭望塔，我沒敢向南看，五公里外，就是父母長眠的地方。

一九九四年秋天，父親去世的時候，是葬在祖父母身邊的。我沒見過祖父母，只是聽村上說過祖父的名言。天下只有用半升子借米的，沒有用半升子借字的。

「半升子」是一種量具，一般用竹筒製作，裝滿了米，正好一市斤。我不知道讀過《大學》《孟子》《中庸》的祖父為什麼這樣討厭讀書。也正因為這樣，父親這一輩就沒有讀書。吃了不讀書之苦的父親就堅決要求我們弟兄三個讀書，他的命令是，只要不留級，就是砸鍋賣鐵也供你們上學，但如果留級，就回家種田。

祖父的字我是見過的，那是我家的「斗」上，有一個行書的名字。那時剛剛學會了

「地主的斗，吃人的口」，於是我就到處宣傳，我們家有個「地主的斗」。其實那「斗」上的名字就是祖父的名字。

後來村裏建公墓，要求所有的散墳遷到公墓地。我們幾個去為祖父母和父親遷墳。祖父母的墳裏竟然有一個船的牌照，還是上海的牌照。大哥說起這只船的歷史，這是我們家的船，祖父去世的時候，沒錢買木材，只好將船拆了。

因為遷墳，就立了碑。父親的名字是黑的，那時母親還在世，她的名字必須是紅的。回到家，母親向我問起遷墳的一些細節，問起了碑上的名字。我含糊地回答了一下，又問起了船。母親說起這船，說起了等候渡江的八圩渡口，說起了「像粥鍋一樣的長江水」，說起了黃浦江上的轟炸機。

再後來，母親去世了，我去八圩採訪，那是個初夏的黃昏，我坐在八圩渡口，想像父母是怎樣用小木槳一槳一槳地從里下河划到八圩，又是怎麼渡過了洶湧的長江，但怎麼也想不出來，如一葦渡江，但肯定沒一葦的輕盈超脫，而那個沉重的貧窮的家，又是如何在上海和興化之間走過去的呢？記得姑母勸過母親念佛，母親不肯，說，為什麼菩薩給了她這樣的苦命？

母親出生後十五個月，外公去世。外婆改嫁。母親在二外公三外公家長大，再後來，外婆又將母親許給了她後來改嫁的龐家侄兒，也就是我父親。誰都不能想像，後來每個孩子的出生，都是母親自己給自己接生。母親跟我講過接生的細節，但我從不忍寫出。

在揚州上學的時候，我在圖書館裏遇到了洛夫先生發表在《芙蓉》雜誌上的六百多行的長詩〈血的再版〉，我一個字一個字地抄下來了，抄完之後，我學會了寫詩。這裏面的因果，還是因為苦命的母親。

苦藤一般無盡無止的糾纏
都從一根臍帶開始
就那麼
生生世世
環繞成一隻千絲不絕的
蠶
我是其中的蛹
當破繭而出
帶著滿身血絲的我
便四處尋找你
讓我告訴你
化為一隻蛾有多苦
在燈火中焚身有多痛

這是洛夫先生的〈血的再版〉，每到清明，我總會把這首長詩再讀一遍，疼痛，又疼痛。讀完這首詩，再看地裏的油菜、蠶豆和小麥們，它們似乎更茂盛了。於是，在這個茂盛的春天裏，清明降臨，我們又會記起，我們都是那血的再版。

每年清明掃墓之途，總是我們三個「再版的血」坐一條水泥小船。大哥坐在船頭，我坐在中艙，二哥划著木槳。

水聲嘩嘩，水面被劃出一道長長的傷疤。這水的傷疤一直通向父母的長眠之地。

每到清明，這傷疤新鮮依舊，疼痛依舊。我們的苦根依舊。

一百歲的銅腳爐

南方的冬天比北方難受，屋裏不升火。晚上脫了棉衣，鑽進冰涼的被窩裏，早起，穿上冰涼的棉襖棉褲，真冷。

這是汪曾祺先生的〈冬天〉，也是我們的大寒天。

真冷！

冷已使我們無處可藏。屋裏的溫度和外面的溫度幾乎一樣。

水缸裏如果忘記了放兩根竹片，水缸也會凍裂。

毛巾瞬間就成了毛巾棍子。

所以，屬於大寒節氣的成語只能是「霜刀雪劍」。

刀也好劍也罷，均是不懷好意的寒冷。在霜刀與雪劍之間，你準備選擇哪個？

霜前冷，雪後寒。如果讓我選擇的話，我選擇「霜刀」，不懷好意的霜習慣於夜襲，在夜晚裏，我們有棉被，棉被下興許還有一只暖和和的裝滿了熱水的鹽水瓶。

「雪劍」就不一樣了。下完的雪總是不肯走。大人們說，雪在等雪。雪不是好東西，毫不客氣地帶走了大太陽給我們的熱量，那雪化了又凍，凍了又化，就像我們的凍瘡。比如手指，手面，先是如酒酵饅頭樣鼓起來，然後又乾癟下去。接著是癢，再是疼，再後又癢，疼癢都難受啊。但不能亂抓，破了會潰爛，就像屋外那凍了又化的黏土們。

如果不穿很古老很古老的釘鞋，我們是不可以在化了凍的外面亂瘋的（因為屬於我們的雨靴也是沒有的）。如果出去，很珍貴的布棉鞋會浸溼，無法烤乾的話，第二天就得光腳。對了，還有腳上的凍瘡，耳朵上的凍瘡，進被窩前，這些凍瘡都會「爭先恐後」地跳出來，暖和也癢疼，冷了也癢疼。放到被窩裏也癢疼，不放到被窩裏也癢疼……外面的雪化了凍，凍了又化，有時候，還聽到屋簷下「凍凍丁」掉落在地上碎裂的聲音，那不是因為融化，而是做屋簷的舊稻草們撐不住了。

好在還有銅腳爐！

多年之後，讀到了詩人柏樺的〈唯有舊日子帶給我們幸福〉，我突然就想到了一句話：「唯有銅腳爐帶給我們幸福。」

是的，銅腳爐！紫銅的銅腳爐！黃銅的銅腳爐！柴草的餘火覆蓋著耐燃的礱糠。除了取暖，還有炸蠶豆，炸黃豆，炸稻粒……最神奇的炸麻花，將幾粒玉米丟在銅腳爐裏，用兩根蘆柴做成的筷子將灰燼中的它們來回翻滾，一邊翻滾還在喊：「麻花麻花你別炸，要炸就炸笆斗大。」

翻滾著，翻滾著，那玉米突然就變形了，成了一朵燦爛的芳香的麻花！

想想當時的我們真是貪心啊，笆斗有多大呢——它是藤和竹編成的容器，可裝一百五十斤稻！

現在呢，銅腳爐不多見了。麻花也不多見了（電影院裏的那麻花不算是麻花）。我們那些笆斗大的麻花去哪裏了呢？麻花的香味又飄到哪裏去了呢？

……一滴淚珠墜落，打溼書頁的一角
一根頭髮飄下來，又輕輕拂走
如果你這時來訪，我會對你說
記住吧，老朋友
唯有舊日子帶給我們幸福

一九三四年的《興化縣小通志》和另一個我

〈疆域篇〉：一九三四年我們老家是有疆域的。它有兩個界定：一是興化縣的西界，西至潭溝與高郵分界；二是西北至鹽城之沙溝鎮為界。我的家鄉「黃邳」和我工作的地方「沙溝」恰恰被界定在疆域之外。從這點來說，「黃邳」曾屬於高郵，沙溝曾經屬於「鹽城」。後來，兩個地方都屬於興化了。因為黃邳距離興化城只有十八里水路，而距離高郵，則在百里之外。突然就想到了蘇童的〈一九三四年的逃亡〉，一九三四年，黃邳莊還沒有被還鄉團的一把大火燒掉。那是一座蘇北古鎮的模樣，莊中央夾溝上的木橋，是一座簡單而實用的廊橋。多年以後，我在江西的李坑村看到如此的木廊橋，村民們坐在廊橋的木條上，悠閑自得。

〈水名篇〉：是流淌在一九三四年的河流。「北曰：烏巾蕩、瓦子溝、千步溝、北官河、和尚河、劉家河……」。「和尚河」是熟悉的，與之相配的還有淹沒在水中的「和尚田」——那是水中相對較淺的河灘，肯定是某個寺廟裏和尚的田產了，那麼，它是什麼時候被淹沒的呢？沒有記載，僅僅留下了兩個名字：和尚河，和尚田。很多年之後，讀到汪曾祺先生的〈受戒〉，總是覺得，這故事在興化肯定也發生過的。

〈來水篇〉更是震撼，這一篇與我母親的口頭禪就相連上了。在我小時候，母親總是說，民國二十年上的大水啊。這「民國二十年」就是《興化縣小通志》中所寫的「興邑上游來水，就辛未決堤洪水之年而論，由高郵而至城區，水頭二尺，隔日即到。先是開放三壩，水頭五寸，歷四五日而沉田……」。民國二十年就是辛未年，而下一個辛未年恰恰是一九九一年，興化又一次大水（這是歷史的巧合嗎？）。癱在床上的父親口齒不清地和我談起民國二十年，他不知道是辛未年。那個夏天，興化的天空似乎漏了，黃邳四周常常潰堤，而父親處於病危之中，我在大水中去鎮上買他的「老布」，那種水茫茫的感覺，現在想起來還有些心慌。二〇〇四年春天，我去魯迅文學院全國中青年作家第三期高級研討班學習，當時的國家氣象局局長秦大河為我們講述「氣象與國防」這一課。課後，他又邀請我們去國家氣象臺和國家衛星氣象臺參觀。有兩個印象：一是氣象預報的專家都比實際年齡要老許多；二是在國家衛星氣象臺的解說員說到了一九九一年，國家氣象衛星發現中國有一個縣消失了，立即報告了國務院，把總理都嚇了一跳。那個解說員說，這個縣就是江蘇的興化。當時，距父親去世十年，母親去世一年。沒有了父母的家鄉，就這麼淹沒在衛星雲圖的雨中。

〈憂旱篇〉記載了興化的旱災。記得父親在一九九一年大水之中對我預言過，明年肯定要旱了。果真，一九九二年興化人都在抗旱，還動用了人工降雨。在《興化縣小通志》的記載中，民國二十一年也大旱。做了一輩子農民的父親有許多關於農業的學問，可惜我年輕時一門心思寫詩讀書，根本就不聽父親的訓斥。我曾在〈像父親一樣勞動〉中寫過父親趁著「五一」勞動節逼我下田學農活的故事。父親的理由是，只會讀書，不會種田，將來怎麼養活自己？可惜我明白這一道理太晚了，再加上我和父親的年齡差距太大（相差四十七歲），很多遺憾，總是如同一個人，一直期盼和渴望風調雨順，可現實的鐘擺總是在「洪災」和「旱災」之間搖晃，每個人都得握著一把鐵鍬，澇時排水，旱時引水。

我最愛的〈稻秧篇〉：「……慎重之道，簡言之晝夜管水是也。譬如習算，加減乘除有一定之方式。又若育嬰，飢飽寒暖須調護之得宜。俗稱擱秧、放水、加水，三起三落，皆相度冷熱、晴雨而調劑之。凡農人望歲，百事而占驗於神，唯於此不敢不盡人事，蓋一年之望在於斯，固根本之大計也。觀其情景，始而嫩黃一片，密細如針，繼而淺綠盈框，勻鋪若錦。」這一段寫得實在是美，頓時想到我和父親一起住在生產隊看水車的草棚裏的歲月，看水車就得管秧池。上面的記載就是父親管秧池的過程。父親常常夜裏起身去放水。我醒來後獨自一人，沒有燈，外面是蛙聲一片，各種鬼的故事浮上心頭，常常以淚洗面……後來就睡著了，醒來時還是一個人，草棚外面的太陽已把地上的露珠曬乾了。

竟然還有〈養鴨篇〉！這就與畢飛宇的《地球上的王家莊》和汪曾祺的〈雞鴨名家〉相通相連了。《興化縣小通志》中這樣寫：「……少以百計，多以千計，成群結隊，日游泳於水田之中，夜歸宿於蘆欄之內。有鴨司務用小船、長竹以管理之，有特別毛色『號頭鴨』以領導之，更有鴨嘴烙成火印以識別之。」

父親很善於養鴨，他給生產隊放過一群鴨，照例是帶上我上船做伴。那時我似乎是五歲，太小了。父親帶著我帶著那群鴨子走了很多地方。很多都記不清了，只記得一個細節，兩隻鴨子在搶食一條紅色的蛇。後來，一隻鴨子勝利了，把那條蛇慢慢嗾到了肚子裏。後來，我也養過一群鴨，同樣，也寫過養鴨子的小說，一篇叫〈鴨子的搖擺〉，一篇叫〈扁嘴〉，但都沒有把那年養鴨子的故事全部講出來。在那年養鴨子的夏天，父親對我食了言，我養的鴨子被父親趕到興化城東門賣掉了，卻沒有給我買那件最流行的我渴望的藍色的套頭絨球衫。

稻米之鄉必須有〈酒類篇〉：「……計有白酒、細酒、雪酒、狀元紅、五加皮酒五種。按其性質，白酒味強，細酒味淡，雪酒味醇，狀元紅味甜，五加皮酒味苦。」《興化縣小通志》中還記到「凡產於三十六垛者，其原料為蘆秫。產於各鄉者，一種為大麥酒，謂之『麥燒』，一種為糯米酒，謂之『漿酒』。最佳者謂之『元漿』。」

後面的兩種酒，現在還有。而前面說的那五種酒，我幾乎沒有聽說過，後來我去海安，朋友們除了給我們上特別渴望的麻蝦醬，還上了海安特產——「冰雪酒」。靖江叫做「金波酒」。裏面都有黨參和當歸等多種名貴中藥，味醇，應該和興化的「雪酒」是一類的。

「連那裏的星星都是溼潤的……。」這句詩是聶魯達寫的。正好我的朋友金倜君給我寄了一本出版於二〇一三年的《興化縣小通志校注》（以寫於一九三四年的《興化縣小通志》為底本的校注本）翻完之後，這首詩就浮了出來，像是春天裏的水面上，忽然鑽出了一盤清嫩的菱葉。

報母親大人書

媽媽，月光下喊妳一聲，老屋的瓦就落地一片。生活分崩離析，記憶無比清醒。我，繼續被歲月暴力運輸。「小心輕放」：我過去的小學荒蕪。「此面向上」：我過去的中學鎖緊。「保持乾燥」：凋零的故鄉早早易了名字。媽媽，我在抿緊妳的厚嘴唇，委屈也不多言，如冒充啞巴的泥塑，不習慣擔憂天下。肥厚的心，總有冒煙的源頭。縱火的少年，你還在嗎？一九八四年冬夜，大二的我反覆抄寫一個詞「流浪」。一九八八年春夜，我把無法帶走的舊信燒開了一鍋水。一九九二年夏夜，我拔掉智齒，進入婚姻。一九九四年秋夜，半個父親在一團亂草中去世。二〇〇三年，媽媽，妳睜大眼睛餓死了妳和我。

媽媽，這些年，我倦於看書，倦於旅行，倦於舉杯。要麼枕頭太硬，要麼又太軟。脾氣不好的父親，如銅錘花臉在我身上留下的傷疤，一共七個。我不是記仇的人，從一數到七，北斗七星長照我未寫完的句子。媽媽，喜歡苦情戲的媽媽，想不到最後的集合，是為妳送葬。如今，他們出軌的出軌，離婚的離婚。嗜賭的那位早忘了妳的忌日，逃跑的債主是炒股失敗的花旦，帶著永不還錢的決心躲在某地，把酷似妳的肖像模糊，在一張虛假的身分證下度日。

媽媽，妳說我是繼續關心他們，長著和妳一樣的臉的他們，還是決心忘掉他們？長著和我一樣的臉的他們，無人打掃的樓梯上，我是唯一的腳印。

媽媽，在網上消耗時光的不是我，是另一個名字。在應酬的碎片中虛榮的，也不是我。我服下白藥片：鼻眼間勾畫的白，表示去日苦多。我服下黑藥片：去日裏不乏有樂，但沒人證明的快樂，就是導致失眠的說謊。「貪心不足蛇吞象」，這不是我的唱詞。媽媽，我是在固執中渡河的黃河象。鋸下昔日野心似的長板牙，可做上朝的笏板，亦可做一副象牙麻將。

媽媽，磚頭返回到泥土，頭髮返回到眉毛，命運不信任橡皮，我把金字刻在額頭上。媽媽，妳說說我是迭配滄州的林沖，還是迭配孟州的武松？

媽媽，月亮的銅鼓裏，全是雨水。

媽媽，當初我在門後燒掉的詩稿，被煙熏乾的淚，又如何清算？媽媽，因為妳收容過的九個月，我已是一個失眠的天才。

第三輯

永記薔薇花

人間有很多巧合的事情，比如一九九八年秋天，
《詩歌報月刊》在鹽城舉行「金秋詩會」。
在鹽城的某小巷的一個測字攤，
我做了平生第一次測字，我寫下「秋」。
測字先生說，「秋」中有火，「火」主南方，
你將在某一個秋天，移民去南方。
兩年後的秋天，我恰巧來到了長江邊。
詩人楊鍵說，「我的沉默是我的國家的底色，
但是，我要永記薔薇花。」
楊鍵和我同出生於一九六七年，又同家中排第三。
在人間，我要永記薔薇花。

夜航船帶來的雪

二十世紀九〇年代，文藝青年們，當然也包括我，有一句掛在嘴邊的詩：「貧窮而聽著風聲也是好的」，這句詩可以作為貧窮的擋箭牌，很是管用。

這首詩的出處是美國詩人羅伯特．勃萊的〈反對英國人之詩〉。其實，我更喜愛的是他的那首〈從火車上看一場新雪〉。其中有一句特別迷人：「他吃下的時間的碎片從無力的嘴中呼出滋潤著雪。」

我生活的地方並沒有火車，連汽車也沒有，除了一趟去縣城的輪船和一趟去上海的輪船。去縣城的輪船是白天開，而去上海的輪船則要到黃昏才能抵達我們的碼頭。這條夜航船叫建湖班，終點在高港。建湖在里下河的腹地，高港是長江邊的港口。建湖班開內河，而高港班開長江這條線路，一直到上海十六鋪。

那時實在太閉塞了，但有了夜航船，我們就和大城市上海聯繫在一起了，以至於有了這個感覺，只要一上了建湖班，就等於上了高港大輪船。上了高港大輪船，就等於踏上了上海這塊土地。

內河的航船既緩慢又擁擠。但建湖班最緩慢和擁擠的日子，莫過於冬天，內河的枯水季節已到，而去上海探親的人卻特多（可見上海的建設有里下河人的貢獻）。整個建湖班不止一艘拖輪，而是連繫著四艘拖輪，像遲緩的大蜈蚣在建湖到高港的內河上爬行。

建湖班是標準的夜航船。乘客們攜兒帶女，所帶的包裹必有香油、鹹魚、鹹蛋。冬天的夜晚很長，夜班船裏燈光昏暗，似乎所有人的臉都是黑色的，人們以極大的忍耐力忍受著裏面渾濁不堪的空氣。好在夜航船像是大舞臺，從建湖開始，就有耍雜技的，練氣功的，唱小曲的，賣雜食的輪番上場，似乎每過一個碼頭都會重新換上一批人，整個船艙是無序的、寒酸的、擁擠的卻又是溫暖的，我曾在小時候的船上接受過一個老大爺油膩膩的棉襖的庇護，雖然有一股油味，但極能抵擋住夜晚的寒冷。

現在想想，那有夜航船的日子多麼灰色，但人們的心似乎跟夜航船一樣，堅定地、不屈不撓地向遙遠的上海進發。長大後我讀到張岱的〈夜航船〉，我想，如果讓張岱乘一乘我們的建湖班，肯定會寫出另一篇有味的〈夜航船〉。

有一次我去上海，經過長長一天的航行，我滿身疲憊。高港終於到了，我鑽出船艙，外面凜冽的風把我吹得東倒西歪的，但我眼睛一亮。建湖班的三條船頂上全是潔白的雪，可沒有下雪啊。

後來還是想通了，是建湖下了雪。不動聲色的建湖班還是把建湖下在船頂上的雪順利帶到了高港。三條夜航船的船頂上的雪上沒有半點鳥跡。

再灰暗的日子也是有奇蹟的，比如這三艘披著雪衣的拖輪，它們在夜裏行駛時真像三條白鯨一樣，在黑暗中的內河上堅定地遊弋。這三條夜航船已把這白得發藍的雪帶到了沒有下雪的高港，它們肯定是準備把這雪帶到上海去的，如果它們能去長江裏遊弋的話。

一九八四年的藍袖筒

一九八四年的藍袖筒與一本書有關。

這本被批判的書叫《人啊人》，書是戴厚英寫的，是寫詩人聞捷的，而詩人聞捷，就是寫〈吐魯番的葡萄熟了〉的那個詩人。一九八四年，在我就讀揚州的那所學院的大喇叭裏，總是嘹亮地響著關牧村唱的這支葡萄遍地的歌。

我是好不容易才找到這本書的。我曾去學院圖書館尋找此書，卻被當時的女管理員看穿了。她問我：「你借這本書幹什麼？」

是啊，我借這本書幹什麼？我總不能說是因為看到相關資料在評論這本書吧。

女管理員又問：「你是哪個系的？」

我說是某某中學的。這中學的名字是學院附近的。這是我對那所中學的栽贓。那所學校肯定沒有我這樣一個學生。女管理員相信了我。就如同我們學院的門衛總是懷疑我不是大學生一樣。那時的我，十七歲，體重不足四十五公斤，看上去就像發育不良的中學生。

女管理員放過了我。我的心卻放不下總是在相關資料上被評論的《人啊人》。

學院沒有，我就出去找。想不到，在汶河路西側的四望亭就找到了這本書。

當時汶河路上的榆樹很高大，老的四望亭裏面不像現在空著，而是一個街道閱覽室，那裏的書很多。管理圖書的是一個戴著藍色布袖筒的老人。

也許是沒有多少讀者，老人見了我很是熱情，他說，可以辦借書證，學生證加兩塊錢押金就可以在四望亭裏辦一份閱覽證。

辦證時，面對熱情的老師傅，我的心還是有愧疚的。我已決定不還了。

過了三天，我又去四望亭，假裝很可憐地向閱覽室的老人做口頭檢討，說書丟了。老人看了看我（也不知道我有沒有裝得很像），說兩塊錢押金不能還了哇。

雖然少了兩塊錢，但我暗中興奮（這書本來定價一塊三），但誰能想到，我去宿舍一炫耀，不出兩天，《人啊人》真的就丟了。誰都說沒有看見。但誰都有嫌疑。

就這樣，這本我用小計謀得來的書就這樣離開了我。至今我還記得裏面的主人公，女主人公叫孫悅，男主人公叫何荊夫。因為太喜歡了，有個朋友的孩子生下來，讓我取名字，我就用了《人啊人》裏的男主人公的名字。

很多年後，汶河路上的榆樹沒有了，四望亭和四望亭路也被開發出來。我早就擁有了這本書的最新版。而有閱覽室書線穿過的《人啊人》和四望亭裏戴著藍色布袖筒的老師傅就這樣消失在記憶深處，我永遠欠著他和一九八四年一個道歉。

我那水蛇腰的揚州

相比長江邊的大城市，揚州不胖，恰到好處的勻稱。古運河如一根綠瓜藤樣，輕輕巧巧地纏住了揚州城的院落和籬笆。瘦西湖就是這根瓜藤上汁液飽滿的綠絲瓜。

——是一只擁有「水蛇腰」的絲瓜。

「水蛇腰」，是汪曾祺先生喜歡用的一個詞，是形容運河邊女人的窈窕和風姿的詞語，如果用在大運河和揚州城的關係上，也完全恰當。由於古運河的纏繞和灌溉，揚州城也像一個擁有水蛇腰的佳人。

汪先生是「高寶興」中的高郵人。我是「高寶興」中的興化人。高郵、寶應、興化三個地方的女子，是揚州船娘的主力軍。

——她們的水蛇腰肯定是搖櫓搖出來的。

我第一次去揚州，是從下河出發的。十六歲的我跟著老汽車向上爬坡。那比我們高的地方，父親告訴過我，那叫「高田」。老汽車爬到「高田」的最高處，就是大運河的河堤。到了大運河，老汽車停下來加水。我第一次待在大運河邊，看著傳說中的大運河（那可是香菸殼上的大運河，也是廊虎子傳說中的童年的大運河），正值秋汛，水很大，司機很容易取到了水。有個挎著皮革黑包的供銷員模樣的男人對我說，這大運河可了不得了，向南，就是揚州。而向北，一直向北，就是北京。

就因為這個供銷員的話，大運河就被我想像成一條水做的鐵路。驗證我這句話的，是揚州城門口的運河大橋，那是座鐵橋。咣當咣當搖過鐵橋後，揚州城到了。

一九八三年的揚州，我見得最多的不是楊柳，而是榆樹和苦楝樹。高大的榆樹，紛紛揚揚的榆錢，落在古運河上，又跟著運河水走到很遠很遠的地方。

也許是在水邊長大的緣故，我最喜歡做的事，就是逃課去看運河，尤其是想看古運河邊古渡邊杵衣的揚州女子，她們手中的杵衣棒一上一下，美妙的腰身就有意無意地露了出來。那味道，就像我手中的揚州包子。

對了，我有很多書就是坐在古渡邊讀的，那裏有很多不生蟲子的蔥蘢的苦楝樹，我捧一本書，兩只包子當成午餐，一讀就是一個下午。

——我應該是運河邊一只有小蟲眼的小黃瓜。

我的學校在史可法路，從史可法路到東關街，只需要沿著國慶路步行十五分鐘。如果你不想在東關街上停留太久的話，只要走十分鐘，就可以抵達東關古渡了。

從古鎮瓜洲過來的船隊，幾乎是和我同時抵達。

船隊上的小夥子，比我大膽多了，總是故意加大馬力，讓運河裏的波浪替他們「咬」

一下杵衣的水蛇腰的女子。

水蛇腰的女子也不是好惹的，她們會用特別好聽的揚州話批評那些小夥子。那嗓音，清脆得像揚州的水紅小蘿蔔。

作為觀眾的我，彷彿是在聽揚州評話。

在古運河邊看書的事，我從未寫出來，不是不想寫，而是愧疚。那愧疚就像是隱在古運河水中的石碼頭臺階，一旦水褪去，那些石階上青苔和鏽跡就是我的愧疚。

那是我抵達揚州的第二年春天，一位老人發現了正在河邊懶散讀書的我。我當時讀的是一本詩集，劉祖慈的《年輪》。這是我在揚州國慶路新華書店購得的。詩句很傳統，但當時的閱讀水平僅僅如此。

老人和我談古運河，我的大運河知識就是在那個時候得到校正的。邗溝。隋煬帝。京杭大運河。他還給我談李白、杜牧，還談到了易君左，談到了他的同事郭沫若。當然，還談到了詩歌。

我當時並不知道這個老人就是反覆寫鑒真和尚東渡的姚江濱老師，只是懵懂地和他交流，後來老人帶我去他家裏，一座長滿了花朵的揚州院落，看到了他寫的書《東渡使者》《晁衡師唐》。老人還給我買了六只翡翠燒賣。味道的鮮美，至今還不能說得準確。還有，翡翠燒賣裏的青菜怎麼會那樣青翠？

那個下午，那六只翡翠燒賣，我一直記得，還會一直愧疚下去。揚州的灑脫（唐詩中的逍遙見證）、揚州的仁義（比如《揚州十日》）、揚州的水蛇腰的女子，在水蛇腰的大運河邊杵衣。

——當然，也杵那運河水中的月亮。

後來我再去東關街，在僅剩的一棵大苦楝樹下，我又想起了已仙逝的姚老師，東渡，東渡，東關古渡。當時正值花季，暗紫的小花瓣，落滿了巷子口。

我在樹下張手，等了一小把，穿過東關，走到古渡口，把它們灑到了古運河的水面上。

星星點點的苦楝花，恰如揚州繡花鞋頭上的小花瓣。

蔚藍的王國

一九八三年的揚州肯定目睹了一個穿著棉襖踏著鬆緊口布鞋的鄉村少年模樣的傢伙。不知道他目睹了揚州什麼。

沿著史可法路向東然後在市工藝美術公司折向南，就走上了揚州最老的一條路——國慶路。我去國慶路新華書店總是步行著去，那時候我剛剛愛上了讀書和寫作，我那中學式的學院裏面的書很少，我只有從自己牙縫裏擠出錢來買書。而那時我還沒有學會辨別，只知道熱愛，只要是詩與散文的新書我都要想方設法買下來。我買了一大堆價格不高同時也良莠不齊的書，所以那時的我是盲目的。為什麼我那時沒有遇見一個引導我讀書的人呢？我知道走過的路永遠不可能回頭，而另一條未走過的路永遠芳草萋萋。

但其中——我誤打誤撞選中了一本上海外語教育出版社出版的《俄蘇名家散文選》。封面樸素，上面僅有兩株白樺（我青春的白樺）。封底上僅僅署「0.31」元（什麼時候我們這些書生能再享受這廉價的書價？）。而這本帶有我青春體溫的書，邊角已捲成了疲倦的繭皮——它握住了什麼？

這本僅有七十九頁的散文集一共收錄八位作家十八篇散文——當時我們讀多了類似楊

朔的散文，類似劉白羽的散文——我一下子有點目眩。這是一片多麼蔚藍的天空，藍得連我怯弱的影子都融掉了。我像一朵羞怯的矢車菊一樣在這蔚藍的王國裏被他們的敘述緩緩吹動，搖曳不已……你好啊，屠格涅夫！你好啊，蒲寧！你好啊，普里什文！你好啊，契訶夫！你好啊，帕烏托夫斯基！還有托爾斯泰，柯羅連科，還有《海燕》之外的高爾基。我過去的關於「起承轉合」的散文寫作方式一下子被沖垮了……我學習（或者叫模仿）著寫下了我的第一篇散文〈霧〉，想想多稚嫩——「霧走了，留下了一顆顆水晶心」——多年以後我只記住了這一句，而再看看普里什文的〈林中水滴〉，我感到了自己的矯情，但我跨出了最關鍵的一步，從我的身體中不由自主地跨了出去——由於這蔚藍的王國裏一朵矢車菊的誘惑：「去年，為了在伐木地點做一個標記，我們砍斷了一棵小白樺樹；幾乎只有一根狹狹的樹皮條還把樹身和樹根連在一起。今年我找到了這個地方，令人不勝驚訝的是：這棵砍斷的小白樺還是碧綠碧綠的，顯然是因為樹皮條在向掛著的枝椏提供養分。」

這是普里什文說的，在以後這麼多日子中，我經歷了多次搬書的經歷。從揚州到黃邳，又從黃邳到沙溝，在沙溝又經歷了幾次，再到長江邊的小城，但這本書依舊還在，還在我的身邊陪伴著我，像一個默默無名的老朋友，我可以出門前把它捲起來塞到褲兜裏，也可以把它朝旅行包的一個角落一扔，與那些牙刷手巾並肩睡在一起。有時候在旅途中睡不著，我就會從旅行包裏聽出這本舊書的呼嚕聲。於是，我又把它拖出來，拍拍它，醒醒，老朋友，讓我們一起去拍一拍巴烏斯托夫斯基的家，在他的後園裏摘一朵金粉打就的金薔薇！

現在，這本已經有三十五歲的書就陪在我的身邊，像一條童年陪伴我的老狗。這本書的忠誠啊，我想想就要翻翻它，它的生命也是我的生命。三十五年，有多少燈光之夜我們面面相對，默默無言。那是柯羅連科的〈燈光〉，那是屠格涅夫的〈鴿子〉，那是契訶夫的〈河上〉，那是蒲寧的〈「希望號」〉，那是高爾基的〈早晨〉，那是巴烏斯托夫斯基的〈黃色的光〉。多少艱難的歲月裏，我和它在使勁地划槳……不過，在前面畢竟有著——燈光！……是的，前面仍然有著燈光，有著一片蔚藍的天空。

「蔚藍的王國啊！我看見過你……在夢中。」（屠格涅夫語）

永記薔薇花

我的沉默是我的國家的底色
但是，我要永記薔薇花。

這是詩人楊鍵的詩歌。在沉默的命運中，每個人都有「永記薔薇花」的時刻。我想，生活在起伏的波浪中，我的「永記薔薇花」的時刻是在與好書相遇的時刻。比如那本在半癱的父親身邊讀完的《天使，望故鄉》。比如在停電之夜半截蠟燭下讀完的《最明亮的與最黑暗的》。比如坐在空曠打穀場的一只石磙上讀完的《大地上的事情》。每一本和我相愛過的書，都像童年的星星一樣，潮潤，明朗。有了它們，我就能在那些破舊的日子裏，做著薔薇花的夢。

記得我在大學那簡陋的圖書館裏抄詩，為了抄寫洛夫先生的長詩〈血的再版〉，我的新棉襖袖口上滴滿了清水鼻涕。記得我在那個小鎮上為了尋找能夠夜讀的煤油而去接近鎮長的兒子。記得我在鄉村學校的課堂上為孩子們朗誦詩歌，我為他們朗誦過許多詩歌，朗誦孫昕晨的〈一粒米〉的那個黃昏，我記得窗外的暮色開始是紅色的，後來變成了紫色，再後來就變成了純藍，孩子們的眼睛裏全是純藍的光芒……朗誦完畢，我的眼裏噙滿了淚水。

那麼好的詩歌，就這麼與我相遇。薔薇花，薔薇花，沐浴著詩人王家新的歌聲，詩人海子的歌聲……還有我的好兄弟們的歌聲。因為鋼筆總是漏水，所以我愛上了圓珠筆。為不用白天工作時的藍色圓珠筆，就到處求購黑色的圓珠筆芯。當我抄到曼德斯塔姆的「黃金在天上舞蹈／命令我歌唱」，我全身止不住地顫慄。到現在，我還記得此首詩的翻譯者為荀紅軍，這是一位二十世紀八〇年代初出道的詩人，如今已消失了。再也看不到把曼德爾斯塔姆翻譯得那麼精妙的詩人了。

像荀紅軍一樣消失在八〇年代的詩人，有多少啊——就像薔薇花，不斷地落，又不斷地開。包括那麼溫暖的《詩歌報》，套紅的魯迅體的《詩歌報》，蔣維揚，喬延鳳，都帶著我們一起穿越過薔薇花叢……再也沒有那樣的報紙了，每一字都值得珍惜的報紙啊。有次開會，我遇到了葉櫓先生，問候了一聲，竟然失語了——他的頭髮依舊那麼白，我內心滿是愧疚，對青春和詩歌的愧疚。

但薔薇們總是平靜如初，上面積滿了生存者的無奈和灰塵。我最企盼的是要一本好書，到了晚上，能夠逮住我的好書。在好書面前，沉默和自卑輕輕在星光下張開，任由薔薇上的針刺被夜色染得堅硬。

也許只有那時，薔薇和籬笆都是清醒的。這個世界上，除了越來越稀罕的好文字，我已經沒有多少開放的可能。

黑衣服的朋友

我要說，除了燕子和大地，誰也不會最先傾聽到春天的腳步聲。
灰塵在不斷地下落，可純潔的燕子還會像一支堅定的箭矢，快速地向我們飛來，和我們共赴一個春天的約會。

整整七天　牠沒有喝上一口水

但我已經忘了，像一隻蝸牛一樣，將應該自由的靈魂自願地囚居在水泥築就的巢中。
我的燕子啊，已經飛回來了，牠要在我們中間築下愛之巢。
蒼白的天花板，就像我們蒼白的生命，愛，已經無處可棲。

可我們還不知道，直到有一天，我們看見暮色中突然掠過的燕子，牠仍穿著牠高貴又樸素的黑衣服，我來不及喊一聲，牠已經鑽進了未知的暮色中去了。
為什麼不回頭看一看我呢？我是昔日與你在貧窮中堅守的少年啊，那時我還和你居住在黃金似的稻草鋪就的草屋裏，你一年又一年地和我共赴一個春天的約會，一年又一年來到我為你準備的草簷下。

那時我和你一樣的瘦，我穿著一件很舊但洗得很白的衣服，你穿著一件也很舊但還很乾淨的黑衣服，我們共同地無言地相守著。

看著每天都往巢中銜泥的你，我暗暗地發誓，我要堅持到我能和你一起飛翔。

我真是懷念那樣的歲月，那時我很飢餓，我真的很飢餓，我每天都用飢餓的眼睛等待著你，你每天都會銜一口新泥餵我。

那新泥多麼芳香啊——我是個愛吃泥土的孩子，常常大把大把吃泥土的孩子，我吃過糯米一樣的江南黏土，饃饃一樣的黃土，高粱一樣的紅土，但我總覺得，只有你餵我的泥土是天下最美的佳肴。

年年春天，新泥壘就的燕窩就懸在我的頭頂之上，像一枚愛之果。

你知道嗎？其實每年春天你築了兩只燕窩呢，還有一只就棲在我的心上。

我曾是那樣地仰望你，我曾是你用新泥餵大的孩子。你仍一年一年地銜泥餵我——而我卻把吃泥土的習慣悄悄拋棄了，我總是嫌土裏有一股土腥氣。

我離開了家鄉，我在外地謀生，我悄悄地變得學會了遺忘，首先忘掉了赤腳的滋味，再次又忘掉了風雨的滋味，後來又忘掉了春天，忘掉了四季，最後就忘記了土地，我總是在水泥叢林裏走著，甚至沒有回過頭，或者打開緊閉的門——

那時，你還在春天裏急速地尋找，呼我，喚我，嘴角銜著一口新泥，在我緊閉的家門口等我，你還有一肚子的話要告訴我，你以為我還是那個穿白衣服的瘦少年。

可是我卻是個忘恩負義的人，不知道你這個黑衣服的朋友是怎樣離開的？是怎樣在風雨中渴望那一個用黃金稻草鋪設的屋簷的？而那間草房早就被我自己推倒了，我還推倒了我在清貧中的堅持。

緊閉的門窗就這麼緊閉著，我的心室也緊閉著。

穿黑衣服的朋友已經失望地走了，我們黃金般的友誼就這麼離開了我，而我卻不知曉，還拚命地在滾滾紅塵中追逐著，廝殺著，直至遍體鱗傷。

過去有了傷口不是用泥土一抹嗎？過去飢餓了不是手捧一口泥土而食嗎？

多麼令人羞愧啊，食土長大的孩子最終摒棄了泥土。

我的黑衣服朋友不是依然以土為食嗎？牠依然是那麼健康、那麼精神地在天空和大地中間飛著，在陽光和苦難中間飛著。

在牠的後面是牠的穿黑衣服的兒女們，牠帶著牠們回家鄉認親了。

而這個昔日的親人，如今卻緊閉著門窗，在可笑的憂傷中沉默。

忘記了土地、朋友和親人的人，注定他是一個孤獨的人。

黑衣服的朋友，你快用剪子剪開我的憂傷我的沉默吧。

我還記得你們並肩棲在高壓電線上的樣子，棲在樹枝上的樣子，真的像春天的音符一樣。那時我就在唱：「小燕子，穿花衣，年年春天來這裏——」

但你已經不見了——今年的春天快要結束了，但你還沒有出現。

這個穿黑衣服的朋友還沒有出現，是誰用罪惡的槍槍殺了你，還是用一場風雨摧毀了你？不，不，你肯定沒有死去，與大地一樣樸實的你，一定與大地永生，你肯定飛到了大地更深處——你想尋找一個喜歡食新泥的孩子，與他共赴一個關於土地的約會。

而我，這個用愛餵養而用冷漠反哺的不肖之子，只能靜靜等待，等待天空和大地的懲罰。

那個晚上的玫瑰

沒有那個玫瑰在手的音樂之冬夜，他幾乎把年輪之軸的轉動也「忽略」掉了。「忽略」這個詞，是他前天在漁婆路散步時冒出來的。他忽略了老友紅葉李，它們裸露的枝條像他的潦草的簡筆畫。他還忽略了老友香樟樹，它們的果實只能落在地上，被碾軋得如他的煩躁的標點。忽略，不是空白，也不是疏忽。接近於「蒙塵」一詞：他原來是被動的，現在是主動的。灰塵之下，有謝頂的曖昧，亦有脂肪的藉口，都可以用「忽略」一詞忽略的。但那個晚上的玫瑰就這樣綻開了，像打開的一本多年前的塑料封面的抄歌本，熟悉的電影歌曲猛撲過來。滿天的星光在草屋簷下慢慢變長的冰凌裏閃爍，炒米糖的香味在巷尾悄悄地彌漫，就是那個冬夜，鄰村要放電影《賣花姑娘》了，姊姊威脅鼻涕虎的他，不許再跟屁蟲一樣跟著她。但他還是像小特務樣跟上了姊姊，直到鄰村的打穀場才被姊姊發現。洋相是看到一半的時候出現的，他本來想控制住自己，偏偏控制不住，先抽泣，後小聲哭。姊姊使勁掐他的胳膊，他還是忍不住，號啕起來。姊姊肯定是覺得丟了臉，把他拎了出來（天知道姊姊怎麼會有那麼大的力氣）。那個晚上，電影的後半部是他和姊姊在銀幕的背後看的，賣花姑娘成了左撇子。他曾用破臉盆和幾根橡皮筋嘗試做過《鐵道游擊隊》的土琵琶。為了堅持說城裏來的女教師長得就像《劉三姐》中的劉三姐，他和持反對意見的班長打了一架。他站在草垛上，時不時地汲著鼻涕，拿著一截破竹竿，自我感覺就像是在上甘嶺，他對著草垛下的同伴大喊，向我開炮！向我——還沒有喊完，就啞了口。他聽見同伴喊了聲父親的綽號……他離開老家去外地讀書，每次走過那些榆樹木橋，總是想起瓦爾特。畢業的時刻，他和兩個同學去照相館拍了一張黑白照，一路上唱的就是瓦爾特的歌。還有比《流星花園》裏的F4更有星範的遲志強演的《小字輩》，裏面的歌曲〈青春多美好〉，這個長春電影製片廠出品的電影令他似赫拉巴爾的小說《中魔的人們》中的人物。後來他去揚州讀大學，最喜歡去的是專放老電影的地區禮堂，看完《飄》的那個晚上，他從汶河路走回學校，兩排高大的榆樹葉中閃爍不定的都是郝思嘉、白瑞德的臉。電影《海狼》是他平生第一次逃課看的。大學宿舍裏最喜歡唱〈花兒為什麼這樣紅〉的那個揚州男生是同學中第一個離開人世的，經商失敗的他從上海的高樓上一躍而下。看完《紅高粱》，他和一群青年教師因為吼了句「喝了咱的酒啊……」，和鎮上的小痞子打了平生第一個群架。等到《泰坦尼克號》流行的時候，鎮上的電影院早就關掉了，那是他第一次看盜版碟……生活就是這樣順流而下，總在閃回，總在拐彎，最能夠擔當和拯救的是美妙的音樂。當老約翰·施特勞斯題獻給老元帥的〈拉德斯基進行曲〉響起的時候，他禁不住顫慄，帶著他手中沒有鬆開的那枝玫瑰一起顫慄，那顫慄的玫瑰彷彿正在開放。被忽略的，都被音樂償還；而被憶起的，已化為花香縈繞。在微醺的小城中，在長江的波動裏，在吱呀的歲月之軸上，這枝有心人的玫瑰沒有辜負那些弦歌不斷的歲月。

寂寞小書店

小城很小，小書店更小。小歸小，但可以用汪曾祺先生的話來誇它，小但「格」高。店面開始在靠近商場的一個拐彎處，一到晚上，外面盡是賣燒烤的攤點，那些好書就在那濃烈的塵世味道中等待著我們這些愛書者到來。

可在我的心中，它依然是小城的查令十字街八十四號。我常在那裏會見朋友，把小書店作為接頭地點。還有那麼多心愛的書。我常對遲來的它們想，當年在鄉下，如果早有這樣一個小書店相伴，我該有什麼樣的可能呢？

也許是太喜愛了，我常為這家小書店做廣告，朋友開玩笑說我收了廣告費了。我不在乎這樣的誤解。曾有來看望我的朋友被我引誘到這家小書店，有很多書就這樣搬到了他們的書房裏。

——好書，賣好書的書店，總是誇不夠的。

小書店的「弗蘭克」是小蔣，但不常見他，笑瞇瞇的老闆娘和兒子待在小店裏，完全是守株待兔般的買賣。問小蔣幹什麼去了，老闆娘說他去上海或者南京尋新書了，長途夜班車去，再長途夜班車回。

誰能想到，在漆黑的夜裏，會有一批批好書向著小城的方向，向著我們的書房做急行軍呢？

那些年，小蔣老闆找回的書都是叫了板車從車站拖回來的，每次都好幾大捆呢。因為老闆娘提前通知，我們幾個熱心的書癡早就守在小蔣的面前，或者乾脆幫小蔣把書捆拆開，抓到鍾愛的書，就先下手為強。老闆娘總是笑著與我們打招呼，說，不好意思，總得讓我先登記一下吧。

老闆娘的登記簿上有新賣出的書名，也有我們想尋的書名，還有我們的電話號碼。大書店裏尋不到的書，小蔣大都能幫我們尋到。尤其三聯書店的、譯林的、上海譯文的那些書，印數不多，且很偏門，小蔣肯定是費了不少心思的。

——獻給廣大的少數人，這句話，可以送給小書店。

一晃十年過去了，小書店的生意一直就這麼不鹹不淡地做著，小書店快要成為小城的地標了。小蔣的兒子也從幼兒園的小孩變成了初中學生。小蔣依舊在長途車上奔波著，好書們就這樣從小蔣的手到小書店再到我的書房。

變故說來就來，即使是這樣的小書店，也面臨拆遷了。店鋪的主人和政府簽好了協議，時間告訴了小蔣，小蔣告訴了我。其實不告訴我也知道了，小城實在太小了，口頭消息傳播的速度絕對要超過網絡。

那個晚上有雨，外面的燒烤沒有出攤，小蔣向我表示了繼續辦書店的想法，他說得很多，我只是聽著。其實，實體書店已越來越式微，而且小書店的利潤本來就不多，再找店面，如果租金過多，小書店會撐不下去的。那天，我多買了幾本相同的好書，我想，好書就多送送朋友吧，也算是對小書店的小小貢獻吧。

誰能想到小蔣找到了一家店面，還請我為店起了新名字。新店不再有燒烤了，但是在菜場附近。好在菜場只是早上忙碌，與愛書人的時間恰巧錯過。第一次到小蔣的新店，我長舒了一口氣，似乎把原來積聚在喉嚨口的燒烤味全吐出去了。

新店依舊寂寞，老闆娘坐在新書架前織毛衣，聽收音機。不過，多養了一條狗。這狗也怪，見到我一點也不認生，似乎牠曉得主人要做生意似的。後來，再去看書，這狗總是圍著我轉來轉去，似乎要和我說什麼。老闆娘告訴我，牠是被另一個愛書人寵壞了，牠要吃火腿腸。我說哪裏來的火腿腸？老闆娘說可以去隔壁小店買，狗會帶你去的。

我將信將疑，推開門，小狗在前面走。我走得慢，牠走得快，好幾次，牠又折回來等我。花了一塊錢買了一根火腿腸，牠又帶著我往回走，牠是要回到店裏去吃呢。

因為這狗，我去小書店的次數多了起來，每次一塊錢，跟牠去買火腿腸，再為牠剝開，看著牠吃，成了一個開心的節目。這狗也打開了我的記憶，許多往事奔湧而來，比如我小時候被父親暴打後陪我一起流淚的老黑狗，比如一個大眼睛的男孩常常躥到他所熟悉的人面前，伸開手命令道，給我五分錢……

寂寞的狗，還有一根寂寞的火腿腸——這可是查令十字街八十四號所沒有的小書店的節目單。

我把小書店的狗與火腿腸的故事講給朋友聽，朋友很有興趣，也去試了一下。那狗卻拒絕了他，狗對他說要去買火腿腸的話不感興趣。這是我沒有想到的原來小書店的狗並不完全只認火腿腸，牠認的是小書店的老顧客，小書店的老顧客身上肯定有牠所認同的味道。

一面之交的男孩

那天我站在路邊等車。突然，一輛急馳而來的電動車停在我的面前，電動車的煞車聲相當難聽，伴之而來的還有一個紅衣女人的吼叫，兩種聲音一起把我從發呆的狀態中喚醒，這個紅衣女人雙手捏住車把，雙腿支在地上，衝著我發火，像一根快要爆炸的鞭炮。

我沒有辯解，等車的我並沒有過錯，錯的是她為了避讓迎頭而來的車而拐到了我的身邊——你能說人行道旁一動不動的樹有過錯嗎？可那個紅衣女人卻似乎為了推卸她的責任而先開口為強。看著那個憤怒的紅衣女人，我決定不和她辯解，也做好了讓這個紅衣女人把我炸個人仰馬翻的準備。

就在這個時候，紅衣女人的手機響了。她停止了對我的爆炸，而把爆炸的方向轉到了電話那頭的人。紅衣女人左一口老子右一口老子，彷彿電話那頭是她不爭氣的兒子。可如果電話那頭是她的兒子，那她的後座上的男孩又是誰？聽了一會兒，才明白電話那頭是她的老公，是談退貨的事。

紅衣女人在罵老公，電動車後座上的罩著「反穿衣」的男孩憂傷地看著我。那男孩剛剛哭過，長長的眼睫上還在滴著淚水。這個擁有大眼睛和長睫毛的男孩給我留下了深刻的印象。

「反穿衣」是罩在羽絨服上的，現在的獨生子基本上都不肯這樣穿了，主要是太土。應該是過去鄉村孩子穿的。可是這個男孩就這樣穿著，長長的睫毛上淚水未乾。

紅衣女人是幹什麼的？這個男孩又犯了什麼錯誤被他母親懲罰？

這個紅衣女人不會告訴我答案，那個長睫毛的男孩更不會告訴我答案。做過教師的我，很為那個男孩擔憂，用訓斥餵大的童年，會是一個什麼樣的童年？

那是一個很奇怪的下午，紅衣女人在電話中罵了她老公，又繼續訓斥我。我閉口不語，只是注視著電動車後面的男孩，那個男孩的黑眼睛，長睫毛，還有長睫毛上欲滴未滴的淚水，構成了一幅令人憐愛的肖像畫。

紅衣女人後來帶著男孩走了，速度依舊那麼快。那男孩還扭頭瞅我，眼神裏有些許的喜悅，他是把我當成和他一起受罰的同學了嗎？

很多時候，人海中一面之交的人，就這麼擦身而過了，而那個男孩，坐在母親電動車後座上的男孩，我多麼希望紅衣女人對我發火的那天，是男孩唯一的雨天。其餘的日子，都是好脾氣的晴天。

那一年的蟋蟀與我

寫下「那一年」——我心裏一震，像一根被扯斷的晾衣繩。

那一年的書房，是安了簡易木門的書房，四平米的小棚屋。

那一年，還有蟋蟀。三隻蟋蟀。

我根本不知道那三隻蟋蟀是什麼時候搬進書房的？

是的，我會永遠記住我剛剛到鄉下做教師的那一年，我的小書房外便是學校的泥土操場，過了一個暑假，操場上就長滿了草。到了開學，學生最初幾天的課程便是勞動課：拔草。

草被拔出了一堆又一堆，有的草扎得很牢，學生用帶來的小鏟鍬要圍剿很長時間才能圍剿完。各班把草統一抱到校園的一角曬，曬乾了正好送食堂當柴燒。

曬草的某一天中午，我捧著新發的教科書回到書房裏去，突然被一陣濃烈的草香味所打中，簡直令我不能自持。

——草怎麼可以這樣香啊！

草香一直彌漫到晚上，我坐在我的書桌前，聽到了幾隻蟋蟀的叫聲，牠們是在提醒我，為什麼到現在才坐到書房裏來。我不會跟牠們說明那寂寞中的煩躁，默默估計，這幾個小傢伙肯定是在學校組織拔草時搬家搬到我這裏來的。

那時候，我的小書房裏堆放著各式各樣的紙。以前的備課筆記。學生的試卷。練習簿。班級日記。花名冊。報紙。還有我這麼多年像燕子銜泥一樣從外面郵購來的書（我買不到我要的書），我不知道這幾個小傢伙躲在什麼角落。每天我讀完書，會用水壺給書房牆角的晚飯花澆水（這是春天時老教師給長得太密的小晚飯花間出來的苗），子夜晚飯花的開放已到了高潮，這與校園的晚飯花有了呼應。

那時候的書房，晚飯花那麼香，連蟋蟀們都開始打噴嚏了，牠們一隻又一隻地叫了，開始我還不知道有幾隻，我的耳朵裏全是牠們的歌聲，像是重唱，又像是回聲。後來我聽清了是三隻，三隻蟋蟀在伴奏——這是秋天對我的獎賞！而我，則是這無詞曲的主角。我想起我的童音顫顫的學生們，還有頭髮越來越白的老教師們⋯⋯

在那個秋天，我在蟋蟀聲的陪伴中讀完了《我愛穆源》、《三詩人書簡》、《鐘的祕密心臟》、《雪地上的音樂》等一些可愛的書。三隻闖進書房的蟋蟀，三個小傢伙，也是我的三個知己，還陪著我讀完了一本叫《寂靜的春天》這本書（是上一個冬天朋友買給我的）。再後來，秋天越來越深，天也越來越冷了，外面操場的蟋蟀已經不歌唱了，晚飯花也越開越小了，它的球形果實像串珠一樣在秋風中滑溜溜地滑到草叢中。而我的三隻蟋蟀還在歌唱。在此前的一段時候，我向朋友訴說了我在鄉下的深深的苦悶。朋友回信說：

「里爾克有句詩叫，有何勝利可言，挺住意味一切……」我多想把這句話送給這三隻蟋蟀，送給我身邊的這些書本……

後來，我突然有了一個念頭，假如我死後，我的書會不會散落各方——我那麼年輕，居然那麼傷感。我在鄉下見過許多離開主人後面目全非又不被珍惜的書，這是多麼沒有辦法的事。我想這個問題時弄得我淚流滿面，我裹緊了那已掉了帶五星紐扣的黃大衣，那個晚上可真靜啊，靜得我內心一陣喧囂又一陣喧囂。我的三個蟋蟀朋友也感應似地啞了口……而外面的冷氣一陣又一陣襲來……

我向外一探，外面下雪了，這是那年的第一場雪呢，雪花很小，像我想念大學時光的小小的憂傷。

有一個春天，海子去世的消息傳來，我在小書房裏焚燒掉了所有的詩稿，那些無法燃盡的紙張餘燼之煙，熏得我的眼淚一把一把地往下落。

再後來有一個夏天，一條大蛇在我的腳面上緩慢地遊過，那冰涼的驚悚命令我靈感出竅，我把所有的書砸向地面，那條詭異的蛇還是遊走了。

遊走的還有很多很多漫長的時光，為什麼那時的時間那麼漫長啊，青春，寂寞，還有隱密的雄心和渴望，但是，都被囿於那個四平米的簡易書屋裏，潮溼的，陰暗的，賜予我關節炎的小書屋啊。

我在那所鄉村學校一共待了十五個春天，當然，也待了十五個秋天，每個春天都有草的萌發，每個夏天都有草的瘋長，每個秋天的新學期都有學生們和操場上的草進行鬥爭。十五年，一屆又一屆學生，手指被青草汁染得墨綠的學生們，就這樣轉身走出了校園。我讀他們的笑容，閱讀他們的背影，當然，我還在反覆閱讀《三詩人書簡》《我愛穆源》這些經過時間淘洗留在我簡易書房裏的書，也有我從遠方郵購過來的一批又一批，類似《小王子》《拆散的筆記簿》《大地上的事情》的好書，閱讀他們的時候，我以為聖愛克蘇佩里的飛機就降落在我們的泥操場上，米沃什就是那三隻蟋蟀中的一隻，而葦岸呢，就是泥操場邊上最高的一棵樹。

再後來，我就離開了那間小書屋，也離開了我的學校，很堅決，彷彿是恩斷義絕的，但又常常夢見那個坐在小書房的那個人，剛剛十八歲的，體重四十四公斤的小先生。

……可現在，小先生已是老先生，體重早早過了六十公斤，多的是脂肪和衰老，多的是水泥和柏油馬路，瘋長的草不見了，蟋蟀更是把我遺忘了，昔日的憂傷也少了許多——能說些什麼呢？說命運，還是說昔日重來？還不如不說話，把晾衣繩上的衣服重新洗一遍吧。

但是，那一年的書房，有喜悅，有奇蹟，也有清水鼻涕。

那一年的書房，我的書比我還能耐寒。

四月的最後一天

四月的最後一天，我像一隻遲到的鳥兒飛遍了我的平原——風很大，我幾乎一動不動地在命運的天空上，像一枚大頭釘一樣。那些名字，那些我遭遇過的人，也像大頭釘一樣在我的腦海中閃閃發亮，我應該想起誰？

這麼多年了，我們曾從一個地方出發，像三條射線一樣，一人一條道路，一人一個方向，相交於一點又不相逢在一起，掙扎，期待，痛苦，徒勞或者夢想……你知不知道，這麼多年有多少天，這麼多天有多少小時，這麼多小時裏有多少滴血化作了朝霞？四月的最後一天，我真的像一隻鳥，一隻遲到的鳥，我來到崙園，又離開崙園；我抵達垛田，又從垛田出發。在回去的路上，我的目標依舊是我的雜亂的小書房——這一天像不像一場夢，我竟然在夢中夢見了崙園和垛田，為了完成這場夢，我必須像一隻鳥，一隻風中的鳥努力地飛。

崙園並不是園，而是很奇怪很少見的一座「大倫十字橋」，像命運的十字架，壓得你痛苦，你掙脫自己但你如何掙脫自己——我很驚異於這十字橋，那天崙園的風沙很大，中午十一點鐘的時光被演繹到大漠之外的陽關，很少有人在街上走動，那十字橋上只有我和你，我們想尋找一家小吃店——但那是徒勞的。飢餓的命運，在這個時代裏，似乎只有飢餓的命運在等待著我和你。你說起你的衰老，你說起你的現狀，你說的卻是我內心不可阻止的憂傷，就像陯園灰暗的河水邊的一塊燦爛的蘿蔔花。

垛田也不是田，但你卻一天一天地往裏面種字，種下一日又一日忙碌的時光。到達垛田已是下午四點鐘，陽光斜射到一段已經廢棄的公路上——這也許又是一種暗示？我在上面走著，有一隻狗走過來嗅了嗅又走了。牠對我不感興趣。公路旁的建築物上貼滿了「××腎寶」的廣告紙，這又是一種暗示？我與你坐下，我的聲音已經嘶啞，我與你說起陯園，陯園啊，剛剛做過的夢，我們三人，曾一同出現在揚州，出現在我的〈老朋友〉中。我又說起了另外一些朋友，我愈來愈感到下午的陰影已盈滿了整個辦公室，使我和你都呈現出一種無法意會的幻影，似乎多年之前或者多年以後我和你就這麼對坐著，任桌上的一杯熱茶慢慢涼下來，一枚茶葉緩慢地沉到杯底，忽然，我打了一個寒顫，我感到了命運之涼。

這一天的夢似乎還沒有做完，我還必須回到水邊的小屋，趕在五月之前，我得寫下我和你的事，我和天空的事。我耳邊的風聲一陣緊似一陣，我疲憊的身體站在擁擠的車中，我飛著，我愛著，我憐憫著這身體——四月將逝，五月的麥穗還沒有堅硬，大地上的人與事會繼續被我釀成一種土製的酒，有些辣，有些甜，還有些許的苦澀。我知道，五月也會逝去，我和你還必須在歲月之水中跋涉，我將反覆叨念王家新的一句話：「我們在我們自己的聲音中沉默：誰在說話？」

我的微藍時光

深秋時分，這世上最本分的農民們又黑著嘴唇在剛犁開的土垡中種麥、栽菜，而他們的子孫，我的鄉村學校的學生們會趕上新學年的第一場期中考試。照例是分場考試——這樣，我就攤上了每日下午的第二場監考，三點十分至四點十分。一個下午到傍晚的時光。

我將目睹一群學生如何收獲他們半個學期的耕耘。

試卷的困難是很多的，就像農民們面前的莊稼中總有除不完的草，草一棵一棵地長出來，農民們就一棵一棵地拔出來。學生們也必須在眾多的題目中發現困難，然後把它們像拔草一樣拔光。我看見眾多的墨黑的頭顱低下去，像一顆顆墨蝌蚪。多黑的頭髮啊。有時他們也會抬起頭，我可以看到一雙清澈的眼睛、遲疑的眼睛、膽怯的眼睛。喜悅的眼睛。或許還有……一雙做賊心虛的眼睛，這類學生肯定是有的，就像懶惰的杜鵑鳥，牠從不築巢卻總是占別人的巢孵雛一樣。我會用目光迎接他們的目光，我們目光相接時沒有聲音，沒有火花，但已經肯定有什麼被改變了。我抬頭看到他們都把頭低下去了。

學生們答題時筆尖在紙上游動的聲音，有點像蚯蚓在掘土的聲音，細細的，又是生動的。蚯蚓們在掘土。而我作為幸福的傾聽者，傾聽蚯蚓們掘土兩個半小時。我緊張已久的心田好像也一寸一寸地被挖鬆了。我記起在小學一年級面對第一場考試，我的雙手顫抖不停，是我的老師把手撫摸我的頭髮使我安靜下來。我覺得此時時光也用一隻大手撫摸我的頭。我整日忙個不停，為孩子，為自己。而這個下午的兩個小時恰似一道長長的破折號使我敘述的口氣悄悄地改變了。一條小溪在山石間轉為彎，激起水泠聲會澆灌一個漸漸失聰的靈魂嗎？

學生們依舊在低頭掘土。我看到了黑板上有學生寫了一行莫名其妙的字，叫做「三十分鐘的老傢伙」。「三十分鐘」與「老傢伙」是兩種筆跡，但合起來，就像是說我。說我？我是三十分鐘的老傢伙。想想還是有道理的，一分鐘一歲，我正好三十分鐘。一小時一個人生，我不就是一個老傢伙了嗎？而這些在紙上掘土的「蚯蚓們」，正是二十分鐘的小傢伙啊，我在心裏輕輕地喊道，年輕的蚯蚓們，使勁地掘土吧。我也必須在這漸漸板結的生活中掘土，以便我能播種，收穫，直至豐收。但如果歉收，或者顆粒無收……我抬眼看去，窗外的秋空碧藍碧藍的，幾乎沒有什麼雲朵在懷念我們，「天空中一無所有／而鳥群已經飛過。」泰戈爾這麼說了——可我還是看見了十一月的鳥在天空中留下了片片擦痕，而這些擦痕在我的眼睛裏久久拂拭不去。

就是教室的光線漸漸暗下去的時候，教室裏的日光燈亮了，我覺得有一個人也在我心中拉開我心中的燈繩。燈亮了，燈光在晃來晃去。教室室的日光燈是節能型的，這是我們學校一位早年畢業於一所航空學院的老師研製的。在節能燈下他熬白了頭髮。燈光下的白髮光芒四射。底層生活中有許多深藏不露的人。至於他是如何落到這所鄉村學校的，他閉口不言。他整天樂呵呵的，喜歡讀毛主席的書，喜歡聽歌頌毛主席的歌，整個一毛迷。多有意思的人，像燈一樣的人。我和我的學生們就在這燈的照耀下繼續掘土。我記起了與燈有關的文章，冰心的〈小桔燈〉，柯羅連科的〈燈光〉，巴金的〈燈〉。

跳橘子舞吧，讓更熱烈的景物，
從你的身心投射出，讓橘子射出
在故鄉的暮色中的成熟的光芒！……

我吟誦著里爾克的詩句，天漸漸黑了，秋天的夕光微紅，而日光燈的熒光與這秋天的夕光竟輝映出一種藍光。這藍光不是碧藍，也不是瓦藍，而是一種嫩藍的光。像藍被溶化或者藍剛剛生長出來。我注視著這奇妙的藍光，我想起了極光。想起了達里奧的〈藍〉以及〈藍鳥〉，肯定有一隻藍鳥在我們中間飛翔，鳴叫，而我們卻不知曉。但這藍色的光是在秋天的黃昏中才能孕育起來的。我驚訝地看著這藍色把學生們滋潤，也把他們面前的試卷浸藍。我們彷彿是生活在最初的大海中。那個時刻，我覺得整個世界都被這藍眩暈了！

這藍的呈現只是一瞬間。只有在此時，我才覺得我也微藍起來，像一朵藍色的曇花一樣綻放。瞬開瞬息。瞬生瞬死。在黑暗中被焰火照亮的事物已經與過去有了某種不同了。

所以我把這藍叫做我的微藍，把這段時光叫做我的微藍時光。我覺得這是這寂靜的鄉村生活給我的最高獎賞。夕光慢慢地消失了。暮色之鳥的大翅一下把我覆蓋。藍消失了。像我美麗的幻想一樣已經造訪過我們了。我看見我的學生的頭髮似乎更黑了，彷彿被有蘋果味的洗髮香波剛剛洗過的樣子。我幸福地嗅著，我的眼睛中不是一群學生在低頭考試，而是一群蘋果們在這初夜的枝頭上靜靜地芬芳。最藍的一只藍蘋果浮在半空中，成了熠熠發光的藍星——哦，我所愛的人，我所愛的心，我的藍地球，我的微藍時光啊！

從格爾木到哈爾蓋

格爾木。青藏鐵路的確很漂亮，火車更是漂亮。再加上是上午九點鐘從拉薩出發的火車，整個白天都在青藏高原上前進。唐古拉山，全球海拔最高的火車站。沱沱河，長江源。無邊無際的雪山。和青藏鐵路平行的青藏公路。可可西里，火車上的電視反覆播放著電影《可可西里》。藏羚羊，我先後看到了不下四十隻的藏羚羊。野犛牛，野驢。那原始的風景對於我來說，真是一頓眼睛的大餐。看了整整十四小時之後，就進入了詩人J的格爾木。他留了兩箱書的格爾木。他夢想和痛苦的格爾木，也是我夢想和痛苦的格爾木。生活是如此的平庸，而格爾木能夠過濾我們生命中平庸的初雪——到達格爾木已經是十二點鐘了，幸運的是，火車要停靠二十分鐘，我在火車站上給詩人J發了短信息，他很快就回了，說起了已經熔在他生命中的藍色。我看了短信息後就仰望格爾木的夜空，那星星像鑽石菊花一樣怒放。我又記起了我在鄉下度過的十五年，那是靠友誼和詩歌餵養的寂寞歲月。

德令哈。一九八八年七月二十五日，一個叫海子的詩人靠近火車窗戶，寫下了一首〈日記〉，「姊姊，今夜我在德令哈，夜色籠罩／姊姊，我今夜只有戈壁／／……姊姊，今夜我不關心人類，我只想妳。」這是海子獻給一個出生在青海德令哈的女子的。德令哈就這樣種在我的心中。在二〇〇三年的某一天，我在郵局寄稿子，遇到一個老人要求我幫他寄包裹，並請我為他寫地址，那包裹恰恰就是寄往青海德令哈的。那一天，我感到從未有過的幸福，德令哈，德令哈。「除了那些路過的和居住的／德令哈……今夜／這是唯一的，最後的，抒情。／這是唯一的，最後的，草原。」此時，我也經過了德令哈，可已經是夜裏四點四十分，僅停兩分鐘，我只能看著外面黑暗中的德令哈，心中一陣嘆息。

我把石頭還給石頭
讓勝利還給勝利
今夜青稞只屬於她自己
一切都在生長
今夜我只有美麗的戈壁　空空
姊姊，今夜我不關心人類，我只想妳。

哈爾蓋。既要去青海湖，又要趕回上海的飛機，在地圖上計畫了很長時間，就是為了節省時間。女乘務員說可以在哈爾蓋下車。一聽到哈爾蓋，我就想起了〈在哈爾蓋仰望星空〉，看來詩歌的種子還在我的身上不屈不撓地生長。可下了車才知道，哈爾蓋是一個非常簡陋的小站，它離真正的哈爾蓋小鎮還有五公里，離哈爾蓋所屬的青海剛察縣有六十公里。站臺上的建築讓我想起了二十世紀五〇年代。沒有車可以走，一些不明身分的人圍了上來。此時是上午的八點五十分，遠處的青海湖湖水盪漾，而湖水的周圍是大片大片的油菜花。陽光從純藍的天空上打下來，我緊張的心漸漸鬆弛下來，這是遠離我生活的遠方，也是快要到達我生活的地方，我在遠方的青海，在海子到過的地方，「遠在遠方的風比遠方更遠。」

我的鄉下足球

還記得第一次在師範裏接觸足球，我還穿著一雙鬆緊口的布鞋，我正在操場邊走，一只黑白相間的足球就朝我滾了過來，在操場上光著上身踢球的幾個高年級同學就招呼我把球踢回去。我很興奮，看著那幾乎不動的足球，用力一踢，只覺得足球好重，足球是踢回去了，而我卻崴歪了腳，一拐一拐地走了好幾天路。我腳好了之後，就開始學踢足球了，就這樣，上了幾年師範，也踢了幾年足球。

我還苦練過倒掛金鉤，竟也學成了，不過在比賽時從未用上過。球飛來的時候，我慌得連頭球都顧不上了，還用手去抓，一抓就犯了規，手球！還罰任意球。罰多了，同學們就不帶我上場了，有時我恨不得把雙手捆起來上場。

臨畢業時，因為我又踢得少，同學們把那只我和同學們一起合買的足球放了氣，送給了我，讓我帶回家。待我到了我分配的學校後，我心涼了半截，本來準備獨享足球的，沒想到學校中連半個足球場也沒有，上面還坑坑凹凹的，像是我摳完了青春痘後的面頰，寂寞中有一種別樣的疼。

鄉村學校也有一些球事，一只膠皮籃球在破籃板上彈來彈去。在補丁處處的水泥乒乓球臺上得得得亂響的乒乓球。破了網又補好了的羽毛球。後來還有了牛皮籃球。我發現學生們玩得最多的是彈玻璃球——閃爍著異彩的玻璃球在泥地上追逐著，嬉鬧著，最後都咕嚕咕嚕滾到了前方一只用手指摳出來的凹坑裏。

有一次我還蹲下來看他們鬥玻璃球，玻璃球們滾啊滾啊，剛才還閃閃發亮的玻璃球一下子就成了泥球了。孩子們全神貫注，一點也沒有留意我在觀看，待他們一抬頭，都愣了，這也是一群泥球啊，還拖著鼻涕……看著他們愕然的樣子，我咯咯地笑了起來，這些泥球就在我忘情大笑時都快速地「滾」走了。我的眼淚快要笑出來了，我又想起了那只「餓」了多少天的足球了，我來這個學校多少天了，它還沒有享受過那歡樂的笑聲、叫喊聲與晶瑩的汗珠釀成的青春佳肴。

那些玩玻璃球的學生在下午上課時總躲著我的月光。而我在那天下午卻找了個理由與校長吵了一架。校長笑瞇瞇地看著我吵，直至我把眼淚吵了出來。校長可能看穿了我，說，實在寂寞，就聽聽收音機吧。我是很喜歡聽收音機的。

校長喜歡聽收音機中咿咿呀呀的淮戲，而我則是喜歡聽收音機中中央人民廣播電臺的體育節目。每當開始的運動員進行曲響起的時候，我寂寞的心就像那不安分的足球在我的那凹凸不平的泥操場上滾動啊滾動，一會兒被撞了彈跳起來，一會兒又落了下去，好久也看不見它，再過一會，它又在泥操場上滾動起來。

第三年秋天，我們學校分來了一位師範生。這個師範生肯定也對這樣的鄉村學校失望，他對我說，我一定要再考出去，就要考研。我們很談得來，談到最後才知道他還能踢得一腳好足球，於是我又把那只餓了多年的足球找出來，用打自行車的氣筒打氣，我摁著氣嘴他打氣，好不容易才打了個半飽。球就這麼踢了起來，很多學生在放學後都不回家，看著我們在泥操場上對跑著傳球。

傳了一會兒球，我們又開始朝教室外的一面山牆上踢球，只踢了幾下就不敢再踢了（山牆太朽了，不停地掉灰！）。最後我們只有一對一地打，但一對一地打還是興奮不起來，氣喘吁吁地。用校長的話來說，我們有點吃飽了沒事做。

就在我們要放棄這種遊戲時，一個膽大的學生加入了我們的隊伍，我們開始三角傳球。學生個子小，我們三個人踢球有點像兩隻老鷹帶著一隻小雞在踢足球。再後來踢足球的學生多了，我們就乾脆分成兩隊。

泥操場的東邊長了一叢雜生的苦楝樹，大部分是苦楝果落下來長成的，所以我們就用兩棵苦楝樹做門。我們進球的標準與學生們進球的標準是不一樣的，我們不能用力踢球，只能推射。而且高度也規定好了，膝蓋以下才能算進。沒有越位，也沒有角球。

有時我們兩個老師一個隊，五個學生一個隊，二對五。或者二對六。有時我帶一個隊，那個老師帶一個隊。兩個隊打半場球，改一個球門，我們輕易地對足球進行了革命。足球踢起來了，操場上的有些草就不用拔了，那些草都被我們踢光了。有時候我們踢高了，球打在苦楝樹上，就會把苦楝果打得嘩啦嘩啦地往下落，像下雨一樣，一陣又一陣的。有時球就乾脆卡在了苦楝樹的枝杈間，苦楝樹長得嚴嚴實實的，會爬樹的學生竄上去，把球弄下來，又落下了一陣苦楝果雨。

老校長看得好玩，也想過過癮。我們怕他受傷，就讓他當裁判。而這個裁判總是吹黑哨，在他的默許和縱容下，學生們踢不過我們就派兩個人抱著我們的雙腿，而另幾個學生就把球輕而易舉地踢了進去。校長好像沒有看見似的，還說進球有效。這就是我們學校的足球，也是我們喜愛的苦中作樂的足球。

世界杯要到了，我的那位球友兼同事從家裏抱來一臺紅殼的九英寸的電視機。我和他用鉛絲做成了王字形的天線，用毛竹竿豎了起來。那時轉播球賽的是中央二套。我們那兒信號很不好，我和他只好一個人在外面轉竹竿，邊轉邊問裏面，清楚了嗎？清楚了嗎？他就在裏面回答說，聽到聲音了，聽到聲音了。後來一會兒又沒有信號了，只好出去再轉。吱呀吱呀的，就這樣，因為足球，我和他度過了多少不眠的鄉村之夜。

鄉村的夜晚靜悄悄的。我相信地球上有很多電視在睜大眼睛。而我們的電視則沙沙沙地在下雪，我們看不清面貌的運動員在「雪花」中踢來踢去。好在進球之後的歡呼聲是清晰的，我和他就拚命地猜著是怎麼進球的。誰也說不服誰，還是看兩天之後的報紙吧。

我們這兒的報紙總比正常報紙遲兩天到。如果遇到雨雪與大霧天氣，報紙會到得更晚。有一次，我們看報紙才知道，我們爭論得最厲害的一只進球居然是烏龍球。所以他總是對著信號不好的電視機說，我真想把它砸了。可他最終也沒有砸掉。有一年世界杯，我和我的球友都紅著眼睛去上課，老校長見了警告我們說，你們是不是晚上不睡覺？我們打著呵欠說，每天的老鼠吵得我們睡不了覺。

老校長不說話了，校園裏老鼠也是很多的。每天晚上，成群結隊的老鼠會迅速占據我們的校園，牠們跟我們喜愛足球不一樣，牠們喜歡蒐集碎紙。

已不止有一個學生家長向校長反映，孩子們的鞋子像狗啃似的，只穿了一半就把鞋穿壞了，我估計為此學生們被打的不在少數。好在夏天到了，我們就光著腳丫踢球。苦楝樹叢外是東圍牆，東圍牆外是一條大河。我和我的球友一般不敢使多大勁，踢得小心翼翼的。

足球還在草叢中滾動，我們開始教學生一些戰術球。怎麼人球分過。怎麼爭頭球。怎麼踢角球。怎麼踢香蕉球，外旋還是內旋？學生們還知道了貝利、馬拉多納、巴斯藤、普拉蒂尼等一些名字。一個假小子的女生還在我們這個足球隊踢過一陣子。後來她因故輟學了，再也沒有見過她，不知她有沒有懷念過足球。

我們還教會了學生們怎麼倒掛金鉤。怎麼向後仰起，把腳抬起。學生們學得還挺快的，有點模樣，不過那段時間孩子們的屁股倒跌得走路都有點變形了。

我們以為學生們勁不大，所以就沒有警告他們，不要把球踢到苦楝樹叢外的大河中去。但我們錯了，這些野馬的蹄子已變得很硬很硬的了。有一天，我們目睹了一個學生把球踢得比苦楝樹高得很多，好久球才從天空中落下來。再有一天，一個學生就把球踢過了苦楝樹叢的上方，飛過了東圍牆，一會兒落到河面上去了。

我的這個學生還是滿敏捷的，他攀上了一棵苦楝樹，再跳上了圍牆，不待我們反應過來，他就跳下去了，不一會兒一只溼漉漉的足球就飛過了圍牆，飛到我們身邊，然後就是他的黑頭顱。

有了一次，就有了第二次，第三次。有一次，足球踢到了水裏，還被一個放鴨的老頭當作鴨子拾到了鴨船裏，再也沒有肯交出來。學生們和他爭執起來，最後這個老頭把足球交出來了，不過沒有拋給我們，而是拋到了更遠的河面。我們的學生也就撲向了水面，波濤把水面上的足球沖得一聳一聳的，學生們的頭像足球向那只水中足球靠攏著。

鄉下足球，水中足球，我夢中的足球，把青春和激情當成足球踢來踢去的足球。

誰能想到，我的那位球友就真的能考上研究生了呢。我的心又一下落空了許多。像一只足球在球場上滾啊滾的，竟然被踢破了內膽，洩了氣，好一陣子沒有緩過神來。我和我的學生們還踢過足球。好景不長，他們就畢業了。之後學校又推廣排球。之後我的足球就沒有吃飽過。

有一天我實在寂寞，一股熱流在我身體裏沖來沖去，找不到門——我又一次去踢足球，而且踢的是倒掛金鉤。足球打在苦楝樹的樹椿上，內膽真的就破了。球老了。像一個癟下去的句號。

我看了看苦楝樹。苦楝樹好像密了許多，一些小苦楝樹也爭著長了起來，這些都是我們的足球無意踢落下來的種子啊。

穿著雨靴進城

一個人的身分與穿著絕對有關係，比如我們校長曾經到村裏的裁縫店做過一套西裝，瘦瘦的校長穿起來就不倫不類，反倒是他穿上藍哔嘰的中山裝好看些。不過他到了鄉裏開會，到城裏辦事，還是穿上了他的寶貝西裝，還穿上了他的老皮鞋（怕有很多年了，有一隻已經歪斜了），看得出他穿上西裝的感覺並不好，可是他說有什麼辦法呢，上次進城，人家都以為他是個老古董，還是穿西裝好些，穿西裝的話，人家的目光就少了，走路就輕鬆些，城裏人就喜歡穿西裝。

穿西裝也就穿西裝吧，可是一到下雨天，穿著西裝的他偏偏又蹬上了一雙中幫雨靴，這就更加不倫不類了，怎麼看怎麼別扭。每當他穿上這件衣服，學生們就在背後叫他「德國鬼子」。但鄉下土路一下雨就泥濘不堪，一走路就是一腳的爛泥，想甩都甩不掉，真是固執的壞脾氣。如果還想「甩」的話（校長評語說的是想要派頭的話）皮鞋一會兒就變成了小泥船，所以雨靴反而適合於土路。看來校長穿雨靴還是穿得理直氣壯的，既然穿著理直氣壯，別人怎麼看也就無所謂了。他心安理得地穿著後襬有點吊的西裝，蹬著黏著爛泥的雨靴到鄉裏或進城辦事。回來時他樂呵呵的，他似乎沒少了什麼，實際上雨靴上已少了許多爛泥，而原先黑色的泥漬變成了白色的泥斑，像踩了一腳的雪。

本來我早已不用雨靴了，過去在沒上師範前下雨赤腳；上師範時下雨也無所謂，到處都是水泥路。可是到我們學校也就行不通了，估計爛泥見皮鞋見得不多，反而親昵得太過分了，開始我還「甩」，下雨穿皮鞋，後來再也不行了，我心疼。鄉裏經費緊，工資不僅發得晚還打折，我不能死要面子活受罪，所以我託穿雨靴的校長到鄉供銷社買回了一雙雨靴。

新雨靴鋥亮鋥亮的，亮得能照見人的臉，雨珠滴在上面一會兒就滾走了。我走路時覺得有人在看我的腳。不過雨靴老得很快，不出幾個雨天，雨靴就老得和校長腳上的雨靴差不多。似乎只有老了的雨靴才更和泥土親近些，老了的雨靴更協調些。

每年開學前，我們學校裏的老師都要乘船到城裏，主要是到新華書店去一趟（船是村裏派的水泥掛槳船）。我們在城裏往船上搬書，搬完書然後一起去一家餛飩店吃餛飩（校長說這是城裏最好吃的餛飩），吃餛飩時還可以在碗裏多撂一些辣椒，那個香啊，那個辣啊，吃得鼻子上都冒汗。吃完了我們一身輕鬆，校長還脫掉了西裝，露出兩種不同顏色織的毛衣，然後我們一起再乘掛槳船回去。有一次開學前去城裏，正好早晨下雨，我們都穿了雨靴，然後又一起穿著雨靴上了掛槳船，上了掛槳船校長還指揮我們在船幫上把雨靴上的泥洗掉，用校長的話說，要讓城裏人認為我們穿的是馬靴，而不是雨靴（虧他想得出來！）。到了城裏，太陽升上來了，城裏的水泥路不像鄉下的泥路，鄉下泥路要曬兩個晴天才能曬乾，而城裏的水泥路只要一個鐘頭就乾了。

穿著雨靴的我們幾個好像是「德國鬼子進城」（雨靴底在水泥路上總是要沉悶地發牢騷），天不熱，我身上全是虛汗，到了新華書店，上樓梯時營業員都吃吃地發笑。如果這還不算尷尬的話，我在回船的路上，居然遇到了我城裏的同學，同學笑瞇瞇的，目光卻朝下，他看到了我的雨靴，我們的雨靴。後來好不容易同學走了，我覺得滿街上的人都在看我。我躲到校長們中間走，他們走路聲居然那麼響，都有點步調一致了，我都感到全城人的目光在喊口令了：「一二一，一二一，一二一……。」可校長和其他同事並不意識到這些，他們旁若無人「一二一」地走著，他們要帶我們一起去吃餛飩。

回去的路上，校長首先把那雙在水泥馬路上叫了一天的雨靴脫下來，然後就躺到了我們剛從新華書店買回來的書捆上，我們也相繼把雨靴脫下來，河上的風吹過來，吹得我們雙腳那麼舒坦，校長一會兒就在新書捆上睡著了，掛槳船的節奏好像在催眠，他還發出了呼嚕聲，而他的舊雨靴，一前一後地站著，像哨兵一樣守衛著他的夢鄉。

北京之夜

我和我的朋友們一起搞過一個很無聊也很認真的遊戲。

遊戲的話題很簡單，自己說出自己的前世是什麼角色。朋友們紛紛說出了自己不凡的前世，大多都是偉人轉世，而我則說我的前世是一條狗。

朋友們都笑了。

我接著說，那不是一條愛啃肉骨頭的狗，而是一條愛書的狗，愛待在私塾外偷聽先生講書的狗。

朋友們相信了，對於我這樣一個書癡，家中的書房早已亂書成山，愛人和孩子都抗議過，但我依舊喜歡購書，遇到自己喜歡的書，如果買不到，那是會得相思病的。所以，我認定我就是那條偷聽書的狗，這輩子轉世轉到這世上，就是來續書緣的。

記得我讀的第一部大書是《水滸傳》，是上海人民出版社出的上中下三冊的那種，墨綠色封面，翻開封面，就是一大段毛主席語錄。與它相逢時我十三歲，正在離家十里外的公社中學上初三。是愛聽廣播評書的同桌借給我的，他先借了我上冊。

借到這本書的那天，剛剛下了一場雨，我懷抱它走了十華里泥濘的路，回到家裏就看了起來。當時的煤油是很緊張的，嚴厲的父親看我看得那麼投入，就問了一句，看的是「大書」吧？「大書」的意思是閑書。我聽了之後，心猛然狂跳起來，如果父親知道我二流子般在看「大書」，他一定會將書撕掉，再痛打我一頓。

偏偏就在那個時候，我開始了有生以來的第一次「虛構」。我說，什麼「大書」，這是課本！是先生叫我們看的！我之所以有膽量「虛構」，是因為父親是文盲，母親是文盲，我姊姊同樣是文盲。

父親聽到我說是先生要看的課本，不再說話了。父親辛勞的一生中，最為敬畏的有兩種人，一是幹部，二是先生。

就這樣，連續三個星期，我看完了第一部名著《水滸傳》。一晃這麼多年過去了，父親根本就不知道我當年撒了謊。直到他去世，他也不知道我一直是在夢想做一名作家。

二〇〇四年，我去北京參加魯迅文學院全國中青年作家第三期高級研討班學習。魯迅文學院有個從當年文學講習所就累積下來的老圖書館，院裏的圖書都是二十世紀八〇年代初出版的外國文學作品，在市場上基本已絕版。借書卡上前面借的人都是在魯迅文學院就讀過的名作家，比如王安憶，比如莫言，比如陳世旭，比如余華。余華借看過的一本是《辛格短篇小說選》，上面還有余華用鉛筆做的記號，難怪余華那麼喜歡辛格的〈傻瓜吉姆佩爾〉。

突然，我在魯院圖書館裏看到了墨綠色封面的《水滸傳》，就是二十多年前的那個版本，我把這三冊和我年齡差不多的書一起借了過來。晚上，我在宿舍裏翻著它們，無法入眠，就像遇到了失聯多年的恩人，我想說的話很多，可我說不出來，又不能冷靜地閱讀，只是翻一遍，翻一遍，再翻一遍。

那個北京之夜，風很小，也很大。

老詩人雷霆的蝸牛車

這些年，很多車因在高速公路上超速而被罰款，而二〇〇四年暮春，我卻在高速公路上坐上了一輛蝸牛車。蝸牛車的起點是北京，終點為河北廊坊。司機是老詩人雷霆，老爺子當年六十八歲。

那年春天，我去北京魯迅文學院學習。來京之後，發覺「魯三」的五十二個作家裏就我一個江蘇的，來自縣城的就幾位，還有班上名氣大的作家實在太多了。我給老詩人雷霆打了個電話，告訴他我在班上的情況，還說北京的空氣太乾了，八里莊上空的鴿哨太響了，匯報的語調中帶了點暗灰色。老爺子在電話中朗朗一笑，說：「既來之則安之，什麼時候，我來找你喝酒！」

老爺子的京片子很養耳朵。

在一個多雲的週末，雷霆老師的電話來了，說他就在魯迅文學院的院子裏。我趕緊下樓，看到滿頭白髮的雷霆老師正攏臂斜靠在一輛銀色的小汽車上。是長安鈴木。雷霆老師說：「上車吧，我們去廊坊喝酒。」

我滿有信心地坐上了車，隨後發現司機就是雷霆老師。雷霆老師說：「你有什麼不放心的，我可開過四九城裏第一批摩托車。」這個我信，雷霆老師的詩裏永有烈火和青春。他在六十歲生日的時候寫給自己：「每一個去年都太年輕！」

穿過北京城，拐上了京津唐高速公路。老頑童雷霆老師「欺騙」了我。他似乎不會開車，他的車一直在慢車道上，速度為最低的六十碼。雙車道的京津唐是條老高速公路，車流大，我聽得到後面的車急按喇叭的聲音。還有超越了我們時司機的國罵聲。

雷霆老師肯定也聽到了，他對我說：「你肯定很想問我這個老頭子為什麼開得這麼慢？告訴你，我每次上高速，都是這個法定的最低速度。再說，以這個速度開到廊坊，恰好到了喝酒的時間。」

此後，雷霆老師沒有再說話。我永遠也不會忘記京津唐高速公路這輛蝸牛車，還有在我們後面趕上來並呼嘯過去的車輛。

我慢慢平靜了下來。

到了廊坊，雷霆老師停了車，他帶著我走過一座蘋果林。蘋果樹上滿是指頭般大的青蘋果，它們在樹葉中搖動，像是歡迎我們來到廊坊的玉鈴鐺，可它們並不知道，我剛才的心中，擁有過怎樣的風馳電掣。

我們是自己的郵差

因為喜歡周雲蓬的歌，就特地去書店尋了本他寫的《春天責備》。《春天責備》的每一篇文章都像是弟弟寫給我們的信。寫下〈中國孩子〉的周雲蓬，是我們可愛可敬的盲弟弟。其實，我喜歡周雲蓬還有一個理由，有一位和周雲蓬一樣的優秀盲詩人姜慶乙，也是周雲蓬的東北老鄉，在《詩刊》社第十八屆「青春詩會」上，姜慶乙和我們一起登上了黃山，還悄悄帶走了一塊黃山的小石頭。就是這塊小石頭，和姜慶乙的詩歌一樣，後來派上了大用場。

參加那屆「青春詩會」的全國共有十四位詩人。指導老師中有寫下〈中國，我的鑰匙丟了〉的梁小斌，他曾和舒婷、顧城參加了第一屆「青春詩會」。那次，在我們的要求下，梁小斌漫不經心地談起了第一屆「青春詩會」的情況。小氣得只肯給一粒葡萄乾的楊牧，拎著一書包詩稿的顧城，而舒婷的眼睛很大。多少年之後，有人回憶到第一屆「青春詩會」，竟寫了一件事：「梁小斌吃不飽——在宿舍裏偷吃餅乾。」後來《作家文摘》轉載，為此，梁小斌寫了抗議信，但沒有用，「偷吃餅乾」成了詩人逸事。

就是那屆「青春詩會」，邀請了一位盲詩人。和詩人荷馬有同樣命運的盲詩人姜慶乙，他來自遼寧寬甸。姜慶乙由他弟弟陪著——誰也沒有問他的名字，會務組把他的名單打成了「弟弟」——也成了我們共同的「弟弟」。可能是因為好奇，我開始注意姜慶乙——這只能是注意，無意的，同類的，敞開的，而不是「觀察」，觀察這個詞有點霸道。我們的「弟弟」扶著盲詩人姜慶乙，上山——黃山那麼險峻。姜慶乙很固執，本來我們勸他不要爬「一線天」和「百步雲梯」了，可姜慶乙還是堅持走下來了，站在光明頂上，我「觀察」了姜慶乙，這位盲弟弟很平靜。為了這次「青春詩會」的黃山，姜慶乙和他的弟弟一起每天都用兩個小時爬家鄉的黃沂山。這也就是他能夠寫下那麼多美好詩句的原因所在吧。慶乙的母親，每天都要為熱愛詩歌的兒子朗誦四五個小時的書和報刊。朗讀與傾聽。母親的嘴唇。兒子的耳朵。還有兒子用盲文板與盲文筆在盲文紙上寫下。之後把盲文紙翻過來，用手觸摸，然後是兒子的閱讀，母親的傾聽和記錄——一首首詩就是這樣完成的。

應慶乙的要求，我和詩人黑陶各朗誦了一首詩讓他用盲文記下。我們朗誦，他用盲文筆在噠噠地刻寫。只一瞬，他就記下了我的〈活下去，並且讚美〉和黑陶的〈漆藍之夜〉。然後他朗誦，一行又一行，我和黑陶為之都沒說話，我取過那銅製的盲文板，已壞了很多，用錫焊了許多處，上面刻有廠家「沈陽建新工廠」，這「建」還是簡化字，年代已久了，銅的——其實是金質的盲文板在微微顫動。我們的弟弟，盲弟弟，一邊經營著他的盲人按摩所，一邊用詩歌挑戰這個世界。

那次在黃山上，姜慶乙是悄悄撿了一塊石頭。慶乙把那塊石頭藏在手心三年。後來，他遇到了一個女大學生明姑娘，明姑娘愛他的詩，慶乙愛明姑娘的心。兩個人結婚了。結婚典禮上互贈禮物，我們的詩人弟弟很有詩意，送給新娘的是一塊石頭，就是那次從黃山「青春詩會」上撿回的石頭！從網上看到這則新聞，我為我們的弟弟慶乙祝福，也一下理解了我們弟弟的詩句：「沒有地址我們繼續活著／我們是自己的郵差。」

菊花與泉水

濟南的菊花肯定是屬於李清照的。

那一天，趵突泉公園的菊花開得實在爛漫了，彷彿如微醺的李清照。微醺的李清照，微醺的菊花們，心照不宣地，一邊吟誦著〈醉花陰〉和〈聲聲慢〉，一邊將所有的苦日子、壞日子、酸日子、甜日子用煎餅一卷，和著山東大蔥，蘸著高粱烈酒，把這個秋天過得有滋有味。

二百餘種菊花，二百多闋詞，每一行，都閃爍著少女李清照的眸子。

三十萬盆菊花，三十萬本《漱玉集》，每一頁，都有墨香，那墨一定有漱玉泉的水，在硯臺裏洇開來。

滿園子的菊花香。

我去的那天，恰巧下著雨，因為要把郭沫若的對聯讀出來，索性把雨傘收了。

「大明湖畔趵突泉邊故居在垂楊深處，漱玉集中金石錄裏文采有後主遺風。」

這對聯有些遺憾，什麼後主啊，李清照的詞風是獨立的，她是宋詞中的「女王」。

「女王」的王座，是用趵突泉的菊花鋪就的。

雨越來越大，在趵突泉裏尋找李苦禪紀念館的時候，都近乎暴雨了。可濟南人似乎不怕雨，趵突泉公園裏的人越來越多，爽朗的山東話在雨中格外好聽。我在趵突泉邊側耳尋找著，一個操京腔的聲音：

「在我的印象中，濟南下大雨的次數屈指可數，多的是中雨，沒有什麼危害，反而讓人欣喜若狂，因為老濟南人都知道，有雨便有泉。」

有雨便有泉，難怪趵突泉公園裏的人會越來越多，都在看趵突泉，洶湧不絕的趵突泉。

「泉太好了。泉池差不多見方，三個泉口偏西，北邊便是條小溪流向西門去，看那三個大泉，一年四季，晝夜不停，老是那麼翻滾。你立定呆呆地看三分鐘，你便覺出自然的偉大，使你不敢再正眼去看。永遠那麼純潔，永遠那麼活潑，永遠那麼鮮明，冒，冒，冒，永不疲乏，永不退縮，只是自然有這樣的力量！」

五個「永遠」，三個「冒」，幾乎就是老舍這個作家的鐵板釘釘般的信心和忠誠。這信心，這忠誠，背後是這個作家滾燙滾燙的熱愛，對於濟南對於趵突泉的愛。

——所以，有泉水的濟南，最適合一個剛烈的堅決的人愛她。

在濟南，老舍在泉水邊生活了四年半，或者可以說，泉水在老舍的身體中流淌了四年半，〈濟南的冬天〉、〈濟南的春天〉、〈濟南的秋天〉，全是濟南的讚美詩。除了這些讚美詩，還有長篇小說《貓城記》、《離婚》、《牛天賜傳》，他的每一個文字都像是我們的教科書。乾淨而美好。

那美好裏，就有「斷魂槍」裏的默契。

趵突泉。漱玉泉。無憂泉。孝感泉。知魚泉。石灣泉。鑒泉。湛露泉。滿井泉。臥牛泉。珍珠泉。黑虎泉。還有餘下的六十眼泉。

完全就是老舍的「斷魂槍」的七十二式。點點又點點。招招又招招。

「不傳！不傳！」

那一夜，老舍搖著頭，又搖著頭。大明湖裏見到「老殘」的白蓮花也學著老舍搖頭，老舍與白蓮花對覷一下，然後，老舍先生微笑著，摘了片白蓮花瓣，用它佐了酒。

——真想就這麼與老舍相遇一次，或者做一天他的書童，為他捅爐，為他磨槍，為他摘蓮，為他擔泉。

黑虎泉邊有許多雨中擔泉的濟南人，用木桶、鐵皮桶、塑料壺、大號的可口可樂瓶……汲水的幾乎都是女子。這些山東女子。大眼睛闊額頭的山東女子。雨還在下，女子們的額頭更加明亮。母親與泉水，理所當然。我掬了一口，那泉水幾乎是跳進我喉嚨的。天下怎麼有這麼好的城市啊，泉水湧著，一如既往的湧著，如老舍先生當年在濟南的靈感。

那一年，老舍先生依依不捨地說：「從一上車，我便默默的決定好：我必須回濟南，必能回濟南！濟南將比我所認識的更美更尊嚴，當我回來的時候……」

後來，老舍先生並沒有回來，在北京那口又淺又渾濁的湖水中，肯定想到了濟南。

雨還在下，我的鏡片更迷茫，更恍惚……突然，一個剃著桃子頭的男孩（他是跟著媽媽來擔泉的）在我耳朵邊奶聲奶氣地喊了聲：「娘——」

我的心一下子軟了，被泉水浸潤的童音，濟南話的童音，是天下最好聽的聲音。

小尹的彈弓

二〇〇三年，我搬家到了漁婆路，但那時並不認識開花鳥店的小尹，因為很熱鬧的花鳥市場也在漁婆路上呢。

不認識小尹的原因還有一個，我還沒開始養鳥。

人就是這樣的動物，失去了反而珍惜起來了——等花鳥市場搬走了，我決定養鳥了。

我愛人反對養鳥，家裏已養了幾隻從興化帶過來的河龜，再養鳥，家裏可拍《動物世界》了。

但河龜是無聲的，還有半年的冬眠期。我養寵物的目的是為了調劑自己，寫作太久，屁股就和椅子長在一起了。有了鳥的話，可對話，還可讓我的緊盯屏幕的雙眼鬆弛一下。

於是，就認識了小尹，也認識了他店裏的那隻會背「白日依山盡」的八哥。

小尹給我推薦了兩隻虎皮鸚鵡，像兩團會唱歌的彩色塑料絲球。

鳥籠也是小尹店裏的，鳥食是帶殼的粟米。

兩隻虎皮鸚鵡，一黃一青，我給牠們取名為小黃和小青。小黃和小青，在籠子裏，跳下蹦上，還相互啄理羽毛，很團結的樣子。

誰能想到呢？我僅僅上了一天班，下了班，發現籠子裏是空的，小黃和小青全部不見了。

是被貓吃了?!

我家沒有養貓，貓也不可能到五樓的陽臺。

我去找小尹，小尹說逃跑了。

為什麼逃跑了？怎麼逃跑？鐵做的籠子沒壞啊。

虎皮鸚鵡都會自己開籠子口的，小尹慢悠悠地說，你應該用鉛絲把籠子口紮緊了。

小尹說話總是這樣，慢吞吞的，眼皮也不抬。

我想說你當初也沒告訴我啊，但我更擔心逃跑的虎皮鸚鵡，這兩團會唱歌的彩色塑料絲球會飛到哪裏去呢？

鳥籠沒壞，我還是想養鳥。

小尹向我推薦了文鳥，理由是文鳥乾淨，唱歌好聽。

的確，文鳥愛乾淨，總是把自己洗得乾乾淨淨的，叫聲比虎皮鸚鵡的呆嗓門好多了。

誰能想得到呢？可能是我缺少養鳥的經驗，兩隻文鳥於一週後停止了歌唱。

我再次去找小尹。

小尹依舊躺在店門口的躺椅上打盹，他建議我還是養虎皮鸚鵡。

可能因為我第三次連續買鳥，他的話多了起來。比如，他建議我買一只鐵絲粗得多的鳥籠。這樣的話，虎皮鸚鵡就沒力氣開門了。還有，要經常給鳥吃點蛋黃，還有黃瓜，但不能給餅乾，餅乾裏有鹽！

餅乾或許就是文鳥停止歌唱的原因。

這個下午，小尹教會了我許多養鳥經，我也了解到了小尹白天打瞌睡的原因。他除了白天賣鳥，晚上還和幾個夥伴出去打鳥，他還亮出了「武器」：一只做工精良的鋼柄的彈弓！

我問主要打什麼？

小尹說是斑鳩。

近視的我是無法想像小尹和他的夥伴們打鳥的，他們是如何在黑夜裏找到停棲在樹叢中的斑鳩的？但我知道，他們不僅打斑鳩，肯定還有喜鵲，因為我在他的花鳥店裏，看到了籠子裏有兩隻小喜鵲！

我換了大鳥籠，也換了兩隻新的小黃和小青。可能是因為無法逃跑了，這兩隻虎皮鸚鵡，開始的時候，常在我的面前打架，我把牠們勸開，牠們繼續打，黃羽毛青羽毛掉了一地。只要我給牠們朗誦梅特林克的〈青鳥〉，牠們就不打架了，安靜地聽。

真怪！

花鳥店的生意總是清淡，有一天，我去為兩隻喜歡聽我朗讀的鳥補充帶殼的鳥食，發現小尹的花鳥店換了主人，換成了一個貴州人！

又過了一個月，貴州人把花鳥店關了，變成了一家麵店。只是苦了我的小黃和小青了，牠們習慣了小尹店裏帶殼的粟米。我曾去西門米市場尋過，有粟米，但沒有帶殼的粟米。我買了半斤，可牠們不吃。後來我去網上購買，總歸不合牠們的胃口，吃一半浪費一半。

好幾年過去了。期間那家麵店又換了主人，我家的虎皮鸚鵡們也習慣了網上購來的帶殼的粟米了。生活就是這樣的了不起，你習慣的繼續習慣，你不習慣的，肯定會慢慢習慣的。

闖入城市的狗

來到城市裏謀生的詩人老崔很想念老家的狗。

他還寫了一首詩〈城市與狗〉，在詩中，老崔把狗當成了兄弟。這首詩發表後，我們幾個朋友就多了一件事，常常指著街上走過的狗對他說，看看啊，你的狗兄弟！

狗兄弟怎麼了？老崔並不惱，笑著說，我看這世界上，能與狗平起平坐的不多。

接著，老崔就會說起他的愛狗經，狗有那麼多的長處，甚至很多是人都無法企及的。說到最後，老崔還要感慨一番，要說狗的好，還是我們鄉下的狗好。

可鄉下的狗都闖入城市裏了，比如我，比如老崔。

在城市裏謀生，真是不像在鄉村生活，父母親都無法照顧了。老崔的老母親就是在他出差在外的過程中病危的，待他丟下手中的工作趕回老家，母親已離開了人世。

母親去世了，老崔最掛念的就是老父親了。本來老父親身體就不好，總以為父親會走在母親的前面，想不到母親走在了父親的前面。病中的老父親怕連累兒子，悄悄積攢著安眠藥，待他積攢到快一小瓶的時候，老崔把它偷偷扔掉了。

可能因為這樣的事，老崔就改變了工作的節奏，隔三差五地回老家看父親。送藥、送食品、送衣服。老父親開始還嘟囔，讓兒子回城工作，不要惦記他。

老崔跟我說，老頭子嘴上這樣說，其實心裏總是盼著他回去。

那天下午，父親突然打電話給老崔，說他的身體有些不舒服。老崔一驚，先是打電話給表弟，讓表弟帶父親去醫院看看，然後就跟朋友借了輛車，準備回老家。

這是一個秋天的下午，老家的土地上都是老崔歌頌過的植物——玉米、水稻、湖桑、向日葵、花生，還有因為價格低廉幾乎沒有人去收摘的壓滿枝頭的銀杏……

也許因為是借來的車，老崔開得很謹慎，煞車用得很多，就像他一顆忐忑的心。

很有意味的是，快到老家的時候，在鄉村簡易公路的兩側，出現了好多條狗，彷彿是在迎接這個寫過〈城市與狗〉的詩人，也彷彿是在責怪這個逃離鄉村的狗兄弟。

本來想在第二天回去，可到了老家之後，就有電話追了過來，像一條「狗索」把老崔往回拉，老崔必須要在今天晚上回去。

好在老父親的身體還是老毛病，沒有什麼大礙。

吃完晚飯，沿著鄉村簡易公路回城，車燈妄圖穿透漆黑的鄉村夜色，可這是徒勞的。被車燈撕開的夜色又合了起來，把兩側的湖桑田完全包裹了起來，一點痕跡也沒有。

突然，就聽到車子咚的一聲，接著，就聽到了一隻狗急促的哀叫聲。

肯定是狗被撞了！

老崔下了車，看不見狗，被撞的狗已消失在湖桑田中了，哀叫聲越來越遠。

話。

說不定就是迎接回來的那群狗中的一隻，說不定這隻狗兄弟是想和詩人老崔說說心裏話。

我開得不快的。老崔上了車，自言自語，晚上沒有什麼事站在路邊幹什麼！

老崔很心疼這隻狗，在接下來兩個半小時的回程中，他反覆地重複著這兩句話，把陪他一起回老家的我的耳朵都磨出了老繭。

我不能回答他，回到城裏，他把這個故事告訴了很多朋友，那兩句話肯定是要重複的。

我開得不快的。

晚上沒有什麼事站在路邊幹什麼！

狗兄弟，你們能回答他嗎？

朱大路的老項

秋風一起，腰部有風溼的我不能在家洗澡了，我得每天晚上去朱大路一趟，向有老項的朱大路報到。

說有老項的朱大路還不準確，應該說是有老項的朱大路浴室更為準確。是的，老項是開朱大路浴室的，一家大眾浴室。

我就是在朱大路浴室認識了那個著名的大佬師傅的。大佬師傅的故事以後再說，還是說這個老項。

老項是夫妻店，老項的愛人姓包。一個管男浴室，一個管女浴室。那時候朱大路附近的浴室不是很多，所以生意相當好。

但老項的朱大路浴室在朱大路並沒有開多久，就搬到其他的地方去了。老項告訴我搬遷之事，我還問過為什麼？老項說租的房子要有另用。我這才知道老項是租房子開浴室的。

朱大路浴室所租之房是居委會的。後來我在那裏走過，發現真的成了居委會，居委會的對面就是後來的城西幼兒園。

沒有了朱大路浴室，我必須尋找相似的大眾浴室代替，胡亂找過好幾家，不是太髒就是太亂，終究很想念當初的朱大路浴室。

但朱大路浴室還是又開張了，是在玉帶路上，租的老黨校的房子。

我幾乎是第一時間過去的。玉帶路上的朱大路浴室，似乎有點拗口，但這樣的招牌，幾乎沒人質疑。而且，新搬的朱大路浴室，更為寬敞舒適，老項還為老顧客置了月票項目。每天得去浴室的我當然買了月票。

我又成了每天向老項報到的浴客，當然，除了我，還有幾十個和我一樣的鐵桿浴客，比如城北小學的老王老師，原來城北中學的老陳校長等。

老項和我們都以為這個新的朱大路浴室會成為永久牌的。

但還是要搬遷了。

得知要搬遷的消息，老項沮喪了很長時間。一是他的投資很多。二是何去何從。

那段時間，玉帶路河邊的夾竹桃很是繁盛，但那些夾竹桃有多繁盛，老項的心情就有多糟糕。無數個念頭，在老項的心頭一明一滅。

朱大路浴室還是再次搬遷了。

名字依舊叫朱大路浴室，但離原來的老朱大路浴室越來越遠，搬到了靖安路上了。是一家工廠的廠房改建的。

老浴客是來了，但還是流失了許多客源。但於我們這老浴客而言，還是很滿足的。有老項和老朋友相伴的冬天，再寒冷也是有底氣的。期間，老項還邀請我做了他女兒婚禮的證婚人。老項的女兒大學畢業後，去了昆山工作，很是優秀。

天下真的沒有不散的宴席。老項終於挺不過去了，幾乎每天都在虧。他決定不做浴室了。但不做浴室又去做什麼呢？去昆山幫助帶孫子？還是改行。

因為是倒計時了，我們幾乎每天都和老項討論他未來的營生。

有一天，老項拿出了一張名片。

他做工廠了。

也是在這一天，我終於知道了他的全名，以前我總是跟著別人叫他老項。

有好幾年遇不到老項了。我走過朱大路，會想到老項。走過玉帶路，同樣會想到老項。同樣，走過靖安路，依舊會想到老項。

老項現在幹什麼呢？

她的手

有一段時間，我們一家人都愛上了季市的酒酵饅頭。酒酵饅頭最宜熱吃。

吃了幾家的酒酵饅頭，終於認定了靠近漁婆菜場的那家。每隔兩天，我會在下班時間繞到那裏，切上兩條回家。

那個賣菜的女人就是這樣認識的。她的菜攤在賣酒酵饅頭的對面。

說是認識這個賣菜的女人，只是我認識她，她並不認識我。因為她賣菜自己是不稱的，而是由顧客自己稱。顧客自己稱，然後和那個賣菜的女人一起算帳付錢。這樣的買賣是值得信任的，因為稱杆子就在顧客的手裏，秤砣如何移動，如何平衡，全部是顧客的事。

等我把饅頭買好，再仔細一看，這賣菜的女人只有一隻左手！

我把這個事情告訴我愛人，我愛人說，你才知道啊，你總是說我買的水果玉米好吃，都吃了好幾年了，都是買她的。

原來我愛人也用過她的秤。

我愛人又說，她賣的菜都是她媽媽種的，媽媽負責種，她負責賣，還有，她的貨好，總是提前賣完。

這個我相信，因為我在買饅頭的時候見識了她的好生意。

其實，她面前的菜並不多，都是時令菜。有時候是毛豆，有時候是南瓜，有時候是山芋或者芋頭，甚至還有堆剝了一半的黑豆。

為什麼只剝了一半呢？

還沒等我想好，那堆剝了一半的黑豆就被顧客買走了。

後來，我們對酒酵饅頭的熱情消失了，轉而愛上了新建路上的燒餅。但我愛人依舊在漁婆菜場買菜，我問起那一隻胳膊賣菜的女人，我愛人說，她每天都在的，她的菜從沒剩下的。但她不用桿秤了。

她不用桿秤用什麼呢？

我沒問這個問題，我愛人也沒說，那個賣菜的女人為什麼不用桿秤了？

我決定再去買一次酒酵饅頭，那女人依舊在賣菜，她真的不用桿秤了，而是用電子秤了。一隻手的她，很靈活地用著電子秤。

紅色數字在閃爍，跳躍，終於不跳了。

我心裏懸著的一塊石頭落了地。

又過了好幾天，我去江平路上有事，我突然發現迎面而來的騎車女，是用一隻手扶龍頭的，很像那個賣菜的女人！

我想看清楚，她卻快速地騎過去了。

她騎得實在是太快了！

大風中的靜默

「這是收割後的村莊。像產後安詳的母親。草垛與草垛之間有一輪紅月亮，那是我懸著的心臟。你注意到了嗎？」「在浴室裏聽擦背師傅唱淮劇大悲調，我沉靜在故鄉的濃霧裏。在這種氛圍裏，我對淮劇有了一種全新的觸摸，它是深秋時節鄉村割草人歇晌時靜坐在田埂上的一聲嘆息。」

「歲月的更替——不，更為具體、更為可以觸摸的是季節的輪換，給予我們多少傷感和莊嚴啊。初春的清晨，寒意未消，而到了中午，溫暖闊大的陽光透過乾枯的樹枝，空氣中浮動著綠色——這一切是我午睡起床後感覺到的。穿行在城市的陽光裏，懷念郊外水邊的鴨群和那些放肆地開著的油菜花，心中湧起多少滄桑——」

讀著昕晨的這些句子，我固執地認為詩歌是他靈魂的手寫體。他身上住著那個偏遠的特庸中學。他身上住著很多鄉村的清晨、傍晚和四季。

我和他之間，有一條冬青樹簇擁的幽亮小道。那是二十世紀八〇年代詩歌的春天，如日中天的《詩歌報》用一個專版推介了昕晨和另一位詩人的作品。在那個年輕人對詩歌如宗教般信仰的歲月，昕晨收到全國各地數百位陌生讀者的來信，其中有封信就是我寫給他的。

他的「回信」很特別，一個星期天的上午，他直接從鹽城來到我那總是漏雨的宿舍前，並用他特有的男中音呼喊我的名字。這是我和昕晨友誼之路的起點，他用上了自己的休息時間，乘公交，搭機動船，又去租了一輛自行車，再過了幾個渡口，才來到我所在的學校。「苦於叫不出鄉間那些土生土長的花草的名字，它們是我的兄弟姊妹。」昕晨無愧於蘇北平原上的「別林斯基」。在蒙霜的早晨，在詩歌的微波塔下，詩人胡弦啊，姜樺啊，金倜啊，早和我一樣，把昕晨當成文學的長兄。我的詩歌，我的閱讀，在昕晨的指導下，慢慢開闊起來。昕晨向我推薦詩歌民刊《傾向》，推薦葦岸和《大地上的事情》，推薦王家新和《最明亮和最黑暗的》，推薦聖埃克蘇佩裏和他的《小王子》。而葦岸和王家新這兩個人的文字，切切實實地滋潤了我。或者說，在我的文字中，可以找到這兩個人的影響。

當時，昕晨在他的報社辦了一個《當代人》的人文專版，幾乎每期都寄給我——他用特富有書卷氣的鋼筆字書寫的我的名字。昕晨用的是英雄牌墨水，純藍色的。我沒有放過《當代人》上的每一個文字。昕晨在《一聲嘆息》中懷念的王敦洲是當時的主筆，在王敦洲的指導下，我愛上了他所研究的魯迅先生。王敦洲所喜歡的英國作家喬治．吉辛《四季隨筆》，直接構成我的網名。

那時候的蘇北平原上，不知道有多少像我這樣處於飄零狀態的兄弟受過昕晨的關照。

我的那位去青海江倉謀生的文學兄弟宗崇茂就常常收到昕晨的回信。青海很冷，很寂寞，昕晨的信很溫暖。

「今天下午又起了大風，什麼活也幹不成，我們都歇在帳篷裏。此刻你的來信我已一連看了好幾遍。那幫民工兄弟也在笑癡癡地望著我，彷彿我是一個偷食了美味的孩子。他們要求我念給他們聽聽。我就把大部分的章節讀出聲來，他們竟然深有體會似的不住點頭。讀畢，整個帳篷靜默了好一陣。」

這是大風中的帳篷裏的朗誦，宗崇茂用他的朗讀在風聲中頑強地傳遞這位文學大哥的聲音。我會永遠記住青海江倉的靜默。這是大風中的靜默。對於這個嘈雜的世界，如此的靜默實在是太少了。

清涼揚州城

揚州於我，是永遠的十六歲。

十六歲的我第一次坐汽車，十六歲的我第一次來揚州。

誰能想得到呢？揚州迎接我的竟然是翠竹做的牌樓，牌樓上有四個瘦金體的字：揚州花市。

從未見過那麼多的花，排成隊伍，似乎在歡迎第一次來揚州的少年：他飢渴的眼睛，像是在咕嘟咕嘟地牛飲。

很多花就這樣閃爍過去了，但我記住了兩朵花，一種是紅的，叫茱萸花。一種是雪白的，叫瓊花。

瓊花！隋煬帝的瓊花！

我驚叫了一聲，那個小臉的花農對我的尖叫斤斤計較，你懷疑它不是瓊花嗎？你仔細看看，它就是瓊花，不是聚八仙！

我嚇得趕緊躥到茱萸花那邊，種茱萸花的花農脾氣比較好，聽說我來自興化，他主動說起了我興化老鄉鄭板橋。

他說，鄭板橋在揚州畫畫寫字賺了不少錢。

他又說，鄭板橋在揚州也花了不少錢。

我不知道他是在表揚鄭板橋還是批評鄭板橋，反正那幾個揚州八怪，怪得奇，怪得妙，就像揚州和隋煬帝，既有隋煬帝看到自己和命運幻影的迷樓，亦有每年要雷劈好幾次的雷塘。

說不清的揚州，說不完的揚州。幾乎看不到仙鶴，小小的巷子裏，幾乎全是散發著茴香和八角味的揚州鹽水鵝。

每次走過，總是有口水。

翻揚州的書也有口水。我看得最早的一本是《揚州畫舫錄》，乾隆皇帝來過的揚州，揚州人為了鎮住來自京城的挑剔胃口，精挑細選，派出了十三個揚州私家廚子，十三個揚州私家廚師做出了十三道的代表作。

「文思和尚豆腐」：這個還懂，是和尚做的豆腐。

「施胖子梨絲炒肉」：施胖子是誰？

「江鄭堂十樣豬頭」：什麼是「十樣豬頭」？是十只豬頭放在乾隆皇帝的面前，還是做了十樣豬頭菜，可扳起手指頭，一只豬頭怎麼也做不到十樣菜啊，可這個叫江鄭堂的還是做到了，不然就是欺君之罪哦。

把口水收起來，就可以去个園看看竹子，去个園看看楓樹，要不就去看看瘦西湖的白塔。

揚州人說，這白塔是揚州鹽商一夜之間用鹽做成的，我以為是真的，有一次我曾夢見，太陽把白塔曬化了，瘦西湖的水都漫過大虹橋了。

但那水是漫不到居在安樂巷的朱自清，我去過多次他的家，三間兩廂的老房子，彷彿他還在，匆匆又匆匆，梅雨潭的綠，荷塘月色，還有背影，反覆吟誦，什麼樣的奇蹟，什麼樣的詩情，我就這麼不可救藥地愛上了寫詩。

——揚州的老房子多麼清涼啊，我在揚州史可法路上的那個師範學院裏寫過多少行詩啊，第一次印成鉛字，第一次拿到了四元錢的稿費，第一次將稿費換成了軟軟的牛皮糖……

這麼多年過去了，那甜蜜還在，猶如清涼還在，因為十六歲的揚州依舊繫在一汪春水邊。

寂寞的雞蛋熟了

師範分配時，我們被告知，分在鄉村教學有一項優惠政策，那就是說，在第一年實習期間可以拿定級工資，這等於比分在城裏的同學早一年拿定級工資。政策是這樣，算下來，事實上的總收入還是比城裏的同學少了一大截。

收入差別也就罷了，要緊的是鄉村那排不盡的寂寞，尤其是鄉村學校夜晚的寂寞。每當大忙季節，很多民辦教師都要趕回去農忙。留守的我們晚上聽著鷓鴣的叫，心裏便有一陣沒一陣地疼起來。過去進城上師範心裏經歷了一個落差。幾年城市生活後又回到鄉下心裏又有一個落差。老教師見到鬱鬱的我們，很是擔心，便教了我們一個法子，我們過去比現在的你們苦多了，不過我們有我們的辦法。我們一邊用鋼板為學生刻講義一邊在罩子燈上吊個鋁盒煮雞蛋。講義刻好了，雞蛋也煮好了。他們教我們可以跟農民買一些雞蛋回來，過去的蛋可便宜啊，雞蛋一分錢一只。吃雞蛋補腦子。

好在鄉下經常停電，我們人人都有一盞擦得鋥亮的罩子燈。雞蛋也不比過去貴多少，一只一毛錢左右。也用一只鋁盒吊在罩子燈上，我也開始在罩子燈下為學生們刻講義了。我從裝蠟紙的卷桶中抽出一張蠟紙，然後在鋼板上鋪平，用鐵筆在上面刻寫。（如果鐵筆壞了還可以用廢圓珠筆芯寫，不過字要粗些。）吱吱吱。吱吱吱。蠟紙上的蠟被鐵筆犁得捲了起來，吱吱吱，又一層蠟被我的筆畫犁得捲了起來。一排刻好了，然後把蠟紙從鋼板上剝下來，再往上移，還可以透過罩子燈的燈光看一看自己的字寫得如何……吱，吱，吱，又新鮮又痛快。往往是一張蠟紙刻滿了，鋁盒裏的雞蛋也差不多煮好了。當我刻完蠟紙，剝著雞蛋（雞蛋很燙，需兩隻手來回地翻滾），我心中蟄伏已久的青蛙就呱呱呱地大叫起來。我不知道我刻寫了多少蠟紙，用了多少張鋼板。（正面反面都用過。）我牢牢記住了蠟紙的品牌叫「風箏牌」。鐵筆、鋼板的品牌叫「火炬牌」。風箏與火炬，正是我寂寞的心所需要的。

我開始刻寫蠟紙的字並不好看，用校長的話說，像一陣風吹倒的。他還指導了我如何利用鋼板的紋路刻寫講義。刻好講義後還有一項繁瑣的工序，那就是印試卷，我們學校沒有專職的油印工，黑臉總務主任有時兼任，但我們不能總是麻煩總務主任。於是我們又學會了如何用火油調和墨油，上蠟紙，握住油墨滾筒，還有裁紙，分訂講義。一個學期下來，我整理了一下我發下去的講義，竟有了厚厚的一疊。

冬天來了，我去縣城人武部商店買了一件黃色的軍大衣。我就裹著黃軍大衣刻蠟紙，天很冷，罩子燈上的雞蛋熟了，我把它握在手中，指著鼻子上的清水鼻涕，繼續刻寫著講義，我覺得生命中有一種東西正在被我犁開。「姓名——」「學號——」「得分——」。我必須先刻寫下這些，然後再開始寫下第一項內容。刻完之後，原先厚重的蠟紙被我刻得輕盈了，在燈光下多了一種透明，我知道，我已和以前的老教師一樣，把寂寞這張蠟紙刻成了一張試卷。

代後記

寂寞小書

寂寞就是一個小個子男人，他俯撐在地上，不停地做著俯臥撐，他折磨著自己向下，向下，再向下——直至胸大肌發達像女人，那是他胸前的寂寞。他的俯臥撐的寂寞，用雙手吃力支撐的寂寞，他最後趴在地上，一動不動的寂寞。

忽視他的寂寞吧，轉過身來，請跟我一起，多多擁抱這個世界。

寫散文實在太「奢侈」了
——龐余亮文學訪談小記

方冬

龐余亮，一九六七年生。江蘇興化人。一九八六年開始文學創作，由詩出發，再及於兒童文學、小說。《半個父親在疼》是他第一本自傳體散文，作為書名的〈半個父親在疼〉寫於父親過世七年半才落筆，在回憶中與在天上的父親和解，與寂寞的農村童年告別，文字真摯感人，接地氣，文章甫刊出即收入各種文學選本超過五十種，經常被拿來與朱自清的〈背影〉對照。

作品首度在台灣問世，透過文字，龐余亮細說自己的文學之旅。

問：談談您的文學成長歷程吧。您是在一九八六年開始文學創作，最初發表的作品是詩。現在您創作的領域涵蓋詩、散文、小說、兒童文學。為什麼會有這樣的發展，哪一樣文類是您創作的核心？

答：謝謝您對我的關注。一九八六年，我十九歲，剛剛師範畢業，來到一所鄉村學校做教師。因為個子小，年齡小，體重輕，是一個標準的「小先生」。鄉村實在太寂寞了，因為交通閉塞的問題，最新的報紙也只是兩天前的。情緒非常低落，這時候，是文學創作拯救了我。正好我在師範裡受過八十年代朦朧詩浪潮的薰陶，自然而然地就一頭紮進了文學閱讀和詩歌創作中。與詩歌創作齊頭並進的是童話創作。這樣的創作狀態是自發的，也是無人干擾的，實際上在無意中完成了一個文學創作的自我訓練。

生活在繼續，從理想主義的金黃八十年代，再到物質主義橫行的灰色的九十年代，我的詩歌有了很大的進步，還獲得過一九九八年的民間詩歌最高獎——柔剛詩歌年獎，這個獎一年獎勵一人。同時相當豐富的閱讀量讓我萌生了其他體裁的文學創作，於是，詩歌的這一個枝頭上就結出了短篇小說和散文這兩個果實。童話這個枝頭上就結出了兒童文學這個果實。很多朋友都詫異我為什麼能夠在不同文體之間自由穿梭，其實答案就在我的十五年鄉村教師的寂寞生活中。在四種文體中，詩歌和小說是我的核心，而被朋友們謬贊過的散文是我創作量最低的文體，寫散文實在太「奢侈」了——它要求作家必須完全敞開自己，向讀者交出百分之百的憂傷、痛苦和歡樂。

汪曾祺的小說是打開我文學生命的鑰匙

問：江蘇作家汪曾祺、畢飛宇等在臺灣很受臺灣讀者喜愛，同樣來自江蘇，您曾經說把腔調和技巧累積在一起就是一篇好文章。談一下腔調問題，就以上述二位及您的作品為例。

答：首先說說汪曾祺先生，汪曾祺先生是高郵人，我老家在很早很早的時候就隸屬於高郵，所以我的腔調裡就有高郵話的味道。之所以對汪曾祺先生感興趣，還有一個特別的原因。我在〈半個父親在疼〉中寫過，父親生我的時候四十八歲，又是文盲，加上他脾氣暴躁，我們之間的溝通實在太少，等到我想瞭解父親一生的時候，父親已經去世了。為了彌補這樣的缺憾，於是我就把閱讀的目光轉向了與父親同齡的汪曾祺先生，汪先生屬猴，父親同樣屬猴，從出生日期來算，汪先生比我父親僅僅長了三十二天。這樣的巧合，讓我特別習慣和迷戀汪先生文字的腔調。最讓我感觸最深的是汪曾祺先生的小說《晚飯花》，這篇小說是汪曾祺先生打開我文學生命的鑰匙，初中生李小龍在香氣四溢的晚飯花叢中看見了王玉英，文學的腔調就這樣產生了——初戀的美好和忠誠。同樣的是畢飛宇先生，他和我都是興化老鄉，又是同齡人，唯一不同的是，他是教師的孩子，我是農民的孩子。聰慧和睿智令他的目光有如手術刀般的銳利。比如《青衣》，比如《玉米》，畢飛宇的文字價值已不限於這個時代，他像魯迅一樣超過了時空。讀他的文字，等於他帶著我攀上了高高的樹梢，我會跟著他一起俯視這苦樂的人間。

我在成長，父親在衰老；我在寫詩，父親是文盲

問：您曾經說過：「我這個名字是三個最聰明的人組成，龐統、周瑜、諸葛亮。但事實上是錯的，因為中間的余是多餘的，不是周瑜的瑜，因為我在家裡真的是多餘的孩子，父親四十八歲生我。我沒有經過父親青春時代，接觸是父親的老年時代，因為農民容易老。」是不是這原因所以在父親過世七年半後，才能釐清，甚至省思你們之間的父子關係？畢竟你面對的不是父親的風光年代，而是他無助無力甚至生命難堪的時光，談談寫這篇文章的心理轉折？

答：父親在世的時候，我們像一對仇敵。我是他最小的兒子，用蘇北話說，我是我們家的老巴子。但因為我出生的時候，他已四十八歲，按照農村的風俗，他必須要在他衰老的階段裡，完成給我砌房子和娶親兩大工程。只要他一想起這樣的大工程，他就惱怒，然後遷怒於我。就這樣，我成了他的累贅。我在成長，他在衰老。我在寫詩，他是文盲。這樣的缺陷和不理解，就是命運的考驗，就像我的名字註定不能成為最聰明人的組合。我和大哥二哥不一樣，我見證了他最無力的最難堪的時光。說實話，隨著年齡的增長，我越來越後悔自己和父親的對抗，為什麼不和父親多多交流？為什麼不順從父親的要求？但生活就是這樣，什麼叫「子欲養而親不待」？所有的悔恨都在我離開家鄉後瘋狂生長，尤其在

那個秋天，我在我現在謀生的小城公園門口遇見了一個中風的老人的那個晚上，我寫下了〈半個父親在疼〉。在這篇散文裡，我完全敞開了自己，也妄想通過這個文字，再次和我在天上的父親重逢。所以，當讀者跟我說起這篇散文，我總是說，一定要好好愛你的父親！

問：《半個父親在疼》是您自傳體的散文，寫父親的筆重，寫母親的抒情，這是不是就是另一種親子關係的縮影？在其中，我讀到了一種寂寞，童年時的寂寞，創作的寂寞，甚至家鄉因一場大水災消失的寂寞？您認為個體的生命本質就是寂寞？

答：謝謝您如此暖心的理解！有評價家也看出了這一點，他說你寫父親的文字寫得很暴烈。寫母親的文字寫得很溫存。這是為什麼？我被這樣的評論嚇了一跳！我這樣寫，絕對不是有意為之，而是很自然形成的。愛父親的方式和愛母親的方式就是如此不同。但我相信，每個孩子愛父母的方式都是不一樣的，但滾燙的血脈關係卻是相同的。父母生下了我們，陪伴了我們一程，接著就把我們丟棄在這個世界上，丟棄這漫長漫長的寂寞中。因為父親母親的年齡，我的寂寞感來得比較早。童年的寂寞，寫作和讀書的寂寞，洪水漫過防洪堤之後的茫茫寂寞，寂寞就這樣餵養我，記得一九九一年老家大洪水，暴雨連綿，用於洪水潰堤的救護物（門板和空油桶）在天井中，父親和我都徹夜未眠，我在父親的嘮叨中什麼話也不說，一心捧讀美國作家湯瑪斯．伍爾夫的《天使，望故鄉》。這本自傳體小說中的尤金也是家中的小兒子。寂寞的尤金，彷彿就是寂寞的我。在如此寂寞的餵養中，疼痛越來越顯山露水。寂寞中的疼痛貨真價實，同樣營養無窮，這，就是寂寞和疼痛的力量所在。

問：您曾說在摸索創作的過程中，抄了許多文章，還提到臺灣詩人洛夫〈血的再版〉，臺灣作家的作品你接觸過哪些？有怎樣的印象。

答：童年我渴求讀書，因為貧窮和閉塞，幾乎無書可讀，這就養成了我抄書的習慣。我的詩歌寫作很早，但很是笨拙。真的是非常有幸啊。記得那個大學圖書館的冬天夜晚，我遇到了洛夫先生長詩〈血的再版〉，我剛剛十七歲。〈血的再版〉是發表在洛夫先生老家的雜誌《芙蓉》之上的，我花了兩個晚自習，抄完了這六百行的長詩，我擤乾那拖得老長的清水鼻涕，真正有了茅塞頓開的喜悅，就這樣，融合了現代性和傳統性的洛夫先生帶著我闖開了我的詩歌之門，不是每個詩人都有這樣的幸運。後來，我又在圖書館的書中「見」到了詩人林煥彰，散文家蘇偉貞，小說家鍾理和等，我又從這些臺灣作家的作品中「抄」到了寫作的真經。巧合的是，在洛夫先生去世的前一年，我在我所在的江邊小城接待了他，我送了他一顆那個秋天最大的香櫞，在那只香櫞裡，有我寫不出來的感恩和尊敬。

「永記薔薇花」就是我在人間的苦行記

問：在臺灣版《半個父親在疼》有一輯「永記薔薇花」這是貼近生活、文學的篇章，談談如何在生活中取材？

答：除了李白，這世界上很少有文學的天才。一個人愛上了文學，註定是苦行僧，註定是乞丐，註定是流浪漢。在這點上，汪曾祺先生就是我的榜樣，我去過汪曾祺先生的高郵竺家巷，那裡的人物，那裡的巷子。幾乎完全就是他作品的文學地理。我有無數個筆記本，筆記本上全是生活的素材，後來幾乎全部變成了「永記薔薇花」這一輯。說起來，「永記薔薇花」就是我在人間的苦行記。我學師範的揚州城，我工作過的鄉村學校，我在人間遭遇過所有的朋友，還有擦肩而過的陌生人，都成了我筆記本上的素材。我有一個寫作的奧祕：如果我的文字沒有一個著力點，我的文字註定會飄浮起來，成了失敗的作品。相反，有了筆記本上的素材，我的文字就有了一個現實的著力點，我不會再浮到水面上來。三十多年的寫作經驗是，隨時隨地做一個落葉和落果的撿拾者，然後，那些素材自動在我們的生命中發酵成酒。我最大的體會是，要寫出好文字，必須將自己的毛孔全部張開，讓所有的酸甜苦辣，讓各種顏色的煙火氣，將我們緊緊擁抱，直至聽到自己的心跳，往往到了那時刻，好作品就過來敲門了。

九　歌　文　庫　　1　3　4　2

半個父親在疼

國家圖書館出版品預行編目（CIP）資料

半個父親在疼 / 龐余亮著 . -- 初版 . -- 臺北市 :
九歌出版社有限公司 , 2020.12
　面 ;　公分 . -- (九歌文庫 ; 1342)
ISBN 978-986-450-318-6(平裝)
855　　109017306

作　　者——龐余亮
責任編輯——鍾欣純
創 辦 人——蔡文甫
發 行 人——蔡澤玉
出　　版——九歌出版社有限公司
臺北市 105 八德路 3 段 12 巷 57 弄 40 號
電話／02-25776564・傳真／02-25789205
郵政劃撥／0112295-1

九歌文學網　www.chiuko.com.tw

印　　刷——晨捷印製股份有限公司
法律顧問——龍躍天律師 ・ 蕭雄淋律師 ・ 董安丹律師
初　　版——2020 年 12 月
定　　價——340 元
書　　號——F1342
I S B N——978-986-450-318-6